感情8号線

畑野智美

祥伝社文庫

目次

荻窪

おぎくぼ

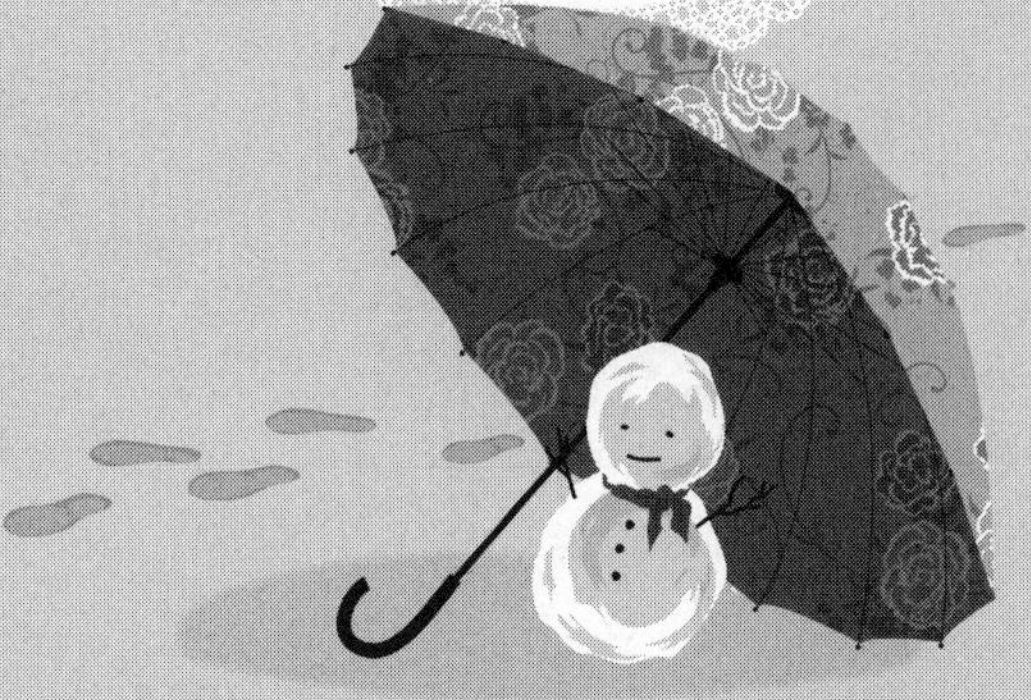

白くて丸い皮を手に置き、具を載せて水をつけ、包む。

白くて丸い皮を手に置き、具を載せて水をつけ、包む。

白くて丸い皮を手に置き、具を載せて水をつけ、包む。

これと同じ光景をどこかで見た、前にもここに来たことがある、夢で見た景色と同じ、デジャブと呼ばれるやつだ。

そのほとんどは気のせいだろう。生きていれば、似たような出来事や似たような景色に二度三度と遭遇《そうぐう》することはある。あくまでも似たようなであり、同じではない。予知能力者にでもなったつもりなのか、特別な人間みたいに「デジャブだ！」と騒ぐ奴がいるが、記憶力の曖昧《あいまい》さを恥ずかしいと思った方がいい。

わたしが今見ているのは、昨日と同じ光景だ。

でも、デジャブではない。

もっと言ってしまえば、一時間前と同じ光景であり、一年前と同じ光景でもある。二年前と似たような光景でもあるが、その頃のわたしはもっと動きが遅かった。

白くて丸い皮を手に置き、具を載せて水をつけ、包む。

白くて丸い皮を手に置き、具を載せて水をつけ、包む。

白くて丸い皮を手に置き、具を載せて水をつけ、包む。

二年前からほぼ毎日、餃子《ギョーザ》を包んでいる。ランチタイムが終わり、夜のピークが来るまでの間、無心になって包みつづける。昨日見た夢の中でも餃子を包んでいた。

今日は、朝から雪が降っている。

お客さんが出入りする度に冷たい風が店の中に入りこんでくる。記録的な大雪だとカウンター席の端に置いてあるテレビで朝から何度も言っている。どこかの駅前に立つリポーターは雪に降られながら、一時間あたりの降雪量を叫《さけ》んでいた。電車が止まるかもしれないとも言っているし、さっさと家に帰ればいいのに、お客さんが来る。お客さんが来なくて、早めに上がっていいよと言われても困るので、ありがたいことだ。時給制だから、一時間でも長く働きたい。

外が寒くても暑くても、店の中の気温はあまり変わらない。

厨房《ちゅうぼう》は餃子を焼き、ラーメンや炒飯《チャーハン》を作る熱気が充満している。冷たい風もすぐに熱に封じこめられる。熱気の中で、わたしはひたすら餃子を包みつづける。

「真希《まき》さん、わたしにも教えてください」麻夕《まゆ》ちゃんがわたしの横に立つ。

十センチくらい上にある顔を見上げる。黒目がちで大きな目がわたしの手元を見つめていた。

「麻夕ちゃんにはまだ早いかな」

「やってみたいです」

「えっと、仕事にはおぼえる順番があるから。まずはホールの仕事をおぼえて」

女性アルバイトは主にホールを担当する。厨房もやるようになるのは、一年くらい働いてからだ。

「そうなんですか?」

「うん。あれ? 貫《かん》ちゃんは?」

「雪かきに行きました」

「そっか」餃子を包む用のビニール手袋を外す。

店の外を見ると、ホールにいたはずの貫ちゃんが背中に大きく「餃子」と書いてある紺色のジャンパーを着て、雪かきしながら雪だるまを作っていた。

麻夕ちゃんは先週入った新人アルバイトで、貫ちゃんが教育係についている。

しかし、一緒に雪だるまを作らせるわけにはいかない。他のバイトの後輩には、雪だるま作ってきなよと本気と冗談《まじ》を交えて言えるけど、麻夕ちゃんには言えない。

餃子屋の店員には、それらしい雰囲気というのがある。貫ちゃんはその代表のような男で、声が大きくて、笑顔が明るい。大雪の中で雪だるまを作ってても平気なくらい健康的だ。身体は小さくても、餃子を何十個も食べられそうな元気の良さがある。他のバイトも似たような感じだ。ここで働くのは賄《まかな》いが目当てでもあり、餃子やラーメンを好きそうな人が自然と集まる。

どこで情報を見て、どう間違えてここで働こうと思ったのか、麻夕ちゃんにはその雰囲気が全くない。

身体が細くてキレイな顔をして意外と食べるという女の子もたまにいるけど、そういうわけでもないようだ。賄いの炒飯を一人前食べて気持ち悪そうにしていた。餃子が載った皿やラーメンを運ばせて大丈夫なのか心配になるくらい、腕は細くて白い。

「ちょっと待っててね」麻夕ちゃんに言い、厨房から出る。

「はい」

「待ってて。そこにいて」

「はい」

「だから、待ってて」

うなずきながらついてこようとした麻夕ちゃんを手の平で制し、止まるように言う。実家にいる柴犬のマメを相手にしている気分だ。

今日の夜はいつもみたいに混まないだろう。餃子を包むのもいつもより少なくていい。貫ちゃんの代わりにわたしがホールの仕事を教えてもいいのだけど、麻夕ちゃんとの接し方がよくわからない。年下ならば、まだどうにかできたと思う。でも、麻夕ちゃんはわたしと貫ちゃんと同い年で二十三歳だ。去年の春に大学を卒業して、先週までの約一年間は家事手伝いという名目の無職だった。アルバイトをするのさえ、初めてだと言っていた。

どんなお嬢様なんだろうと思ったら、田園調布《でんえんちょうふ》の実家に住んでいる。餃子屋があるのは荻窪《おぎくぼ》だ。どうして田園調布から荻窪までバイトに来ているんだろうとも思ったが、謎が多すぎて突っこめなかった。

中央《ちゅうおう》線沿いのワンルームアパートに住むわたし達とは思考が違うんだということで、とりあえず納得した。貫ちゃんの住むアパートなんて、風呂なしトイレ共同だ。

ホールを通り抜けて、外に出る。

出勤した時よりも、風が強くて吹雪になっていた。歩いている人もいつもより少ない。

「教育係ちゃんとやってよ」雪だるまを作っている貫ちゃんのところへ行く。

「ちょっと待って。もうすぐできるから」

山形出身だからなのか、何か大切な感覚が壊れてしまっているからなのか、貫ちゃんは吹雪なんか気にならないようだ。嬉《うれ》しそうに、自分の背丈と同じくらいの雪だるまに顔を描いている。残念だけど、あと三十分もしないうちに上から雪が降りつもり、顔は消えてしまうだろう。

「麻夕ちゃん苦手なんだよ」

「わかってるよ」

わたしと貫ちゃんは三年前の三月の終わりにここで働きはじめた。同い年で、シフトの時間帯も同じだから、自然と仲良くなった。男女という意識をしないでいい友達で、貫ちゃんはわたしのことをなんでもわかっているという顔をする。けど、本当は何もわかっていない。

最初に会った時からずっと、わたしは貫ちゃんが好きだ。

「頼んだよ」

「任せろ」吹雪の向こうで、貫ちゃんは笑顔で親指を立てる。

デジャブだと思いそうになり、否定する。毎日のように見つめている顔だ。今更、デジャブも何もない。

夜になっても雪は降りやまず、お客さんも来なくなってしまい、いつもより二時間早く店を閉めた。

二時間分の時給と二十二時以降に出る深夜手当を失った。

閉店作業を終え、更衣室で着替える。

麻夕ちゃんは、私服もわたし達と違う。デザインはよくありそうなキャメルのコートでも、素材がいいのは見ただけでわかる。雪だから履《は》いてきたという長靴は、イタリアの有名ブランドのものだ。長靴ではなくて、レインブーツと呼ぶのだろう。

わたしは、いつもと同じキャンバス地のスニーカーで来た。出勤中に靴下まで濡れて、更衣室で乾かしておいたが、生乾きだ。靴も靴下も履いた瞬間に気持ち悪い湿っぽさを感じた。厨房で火の近くに置いておけばよかった。雨が降る度に、濡れても大丈夫な靴を買おうと決意するが、買うお金がない。制服のゴム靴で帰りたいけど、店長にばれたら怒れる。

「電気消して」麻夕ちゃんに言う。

「はい」

更衣室を出ると、隣にある男子更衣室から貫ちゃんも出てきた。魚屋さんのような黒い長靴を履き、百円ショップで売っている透明の合羽《かっぱ》を着ている。

「貫ちゃん、靴替えて」

「嫌だよ。そんなんで来てんなよ」わたしの足下を見て、貫ちゃんは爆笑する。レジで売上げの計算をしている店長に「お疲れさまです」とあいさつをして、裏口から出る。

風は弱くなり、雪ももうすぐやみそうだ。

店の表は貫ちゃんが雪だるまを作りながら雪かきをしたけど、裏は何もしていない。まだ誰も踏んでいない雪が残っている。貫ちゃんが先頭に立ち、麻夕ちゃんは貫ちゃんの足跡を追っていく。二人によって深くなった足跡をわたしが追う。

「麻夕ちゃん、どうやって帰るの？」貫ちゃんは合羽のフードを被る。

電車は動いていても、ダイヤは乱れているようだ。

荻窪から田園調布に帰るには、中央線で新宿《しんじゆく》に出て山手線《やまのて》に乗り換え、渋谷《しぶや》か目黒《めぐろ》まで行き、東横《とうよこ》線か目黒線に乗り換える。それか丸《まる》ノ内《うち》線で新宿三丁目まで行き、東横線直通の副都心《ふくとしん》線に乗り換える。新宿三丁目に出た方が乗り換えは一回で済むし、時間も四十分くらいしかかからない。新宿と目黒で二回乗り換えると五十分弱かかるが、交通費は安く済む。けど、交通費は五百円までしか支給されないから、どっちで通勤してもオーバーする。往復で五百円を超えるのは、アルバイトする場所として遠いということだ。

「タクシーに乗ります」

麻夕ちゃんの答えを聞き、貫ちゃんは振り返る。考えこんでいるような表情でしばらく固まり、大きくうなずく。

「それがいいね」正面を向き、店の前の通りに出る。

雪かきしてあるところを選んで歩いても、凍《こお》っていて滑《すべ》る。

わたしも貫ちゃんも一駅先の西荻窪に住んでいる。普段は自転車通勤だが、今日は歩きだ。交通費を支給されているけど、使いたくない。歩ける距離は歩くのが基本だ。タクシーなんて選択肢は、存在しない。

「電車は時間かかりそうだしね」貫ちゃんは自分に言い聞かせるように言う。

焦燥感だろうか、胸の辺りがカサカサして、搔《か》きむしりたくなる。

地元の静岡の短大を卒業して、三年前に東京に出てきた。

役者になるためだ。

背が低いしちょっと太っているから、ドラマや映画に出る女優になりたいとは言えないけど、舞台で活躍する役者になりたかった。中学校一年生の時に友達に誘われて演劇部に入り、高校を卒業するまでつづけた。短大の二年間は何をしてもつまらなく感じて、演劇をやりたいといつも考えていた。演劇関係の人は中央線沿いに多く住んでいると聞き、西荻窪は憧《あこが》れの町だった。憧れの町に住んでバイトして、演劇のワークショップに通い、仲間ができて公演を打つ。お金がないのも仕事がないのもみんな同じで、貧乏が普通の生活だった。

貫ちゃんは高校を卒業してすぐ、わたしより二年先に山形から上京して役者を目指している。バイトの中には他にも何人か、演劇や音楽のプロを目指しているフリーターがいて、それぞれの公演やライブのためにシフトを補い合う。

居心地が良かった中で、麻夕ちゃんは明らかに異物だ。異物が入りこみ、わたし達は見ないで良かったものを見せられる。

「環八《かんぱち》行けば、まっすぐだしね」前を向いたまま、貫ちゃんは言う。

「はい」麻夕ちゃんは、笑顔でうなずく。

電車だと遠回りしないといけないが、荻窪と田園調布は環状八号線、通称「環八」という都道で繋《つな》がっている。

中央線か丸ノ内線の荻窪、京王《けいおう》線の八幡山《はちまんやま》、小田急《おだきゅう》線の千歳船橋《ちとせふなばし》、田園都市線か大井町《おおいまち》線の二子玉川《ふたこたまがわ》、大井町線の上野毛《かみのげ》、東横線か目黒線の田園調布、この六つの駅それぞれを中心とする町は、全て環八沿いにある。

いとこの芙美《ふみ》ちゃんは結婚してから二子玉川に住んでいる。旦那さんは出身も二子玉川で、小学生の頃に環八にモノレールが走るという噂《うわさ》があったと話していた。モノレールが走れば六つの町が一本の路線で繋がる。しかし、噂でしかないらしい。繋がっているのは、二子玉川と上野毛だけだ。他の駅は、地理的に近くにあるのに、電車で行くには新宿や渋谷に出て乗り換えないといけない。

麻夕ちゃんが田園調布から来ていると聞いた時、環八を走るバスがあるんだとみんなは思ったようだ。でも、バスがないことをわたしは知っていた。あるにはあるが、乗り換えが必要になる。芙美ちゃんの家に遊びに行く時、わたしは環八を自転車で走る。

「じゃあ、気をつけて」

「お疲れさまです」

駅前のタクシー乗り場に行く麻夕ちゃんと別れる。

手を振る姿からも、育ちの良さが溢《あふ》れ出している。餃子屋で六時間働いた後とは思えない、爽《さわ》やかで上品な笑顔だ。麻夕ちゃんは元々二十二時上がりのシフトだから、マイナスがない。いいなと思ったが、そんなのどうでもいいのだろう。駅の方を向き、まっすぐの黒髪を揺らしながら歩いていく。さっきまで結んでいたのに、跡がついていない。

タクシーに乗っても、こんなに雪が積もっていたら渋滞しているかもしれない。電車で帰るより時間がかかるかもしれない。でも、徒歩よりいい。

「悪い子ではないんだよね」貫ちゃんに言う。

「むしろいい子だよ」

「そうなんだよね。仕事もまじめにがんばってるし」

「かわいいし、よく笑うからお客さんの評判もいいし」

「かわいいとか言っていいの？」

「えっ？　なんで？」

「ミクさん怒るんじゃない？」

「オレが特別に思ってるわけじゃなくて、一般論だよ」

「ああ、そう」

　麻夕ちゃんの後ろ姿が見えなくなり、わたしと貫ちゃんは線路沿いの道を歩く。

　ミクさんは貫ちゃんの彼女だ。二年前から付き合っている。劇団を主宰《しゅさい》していて、年齢はわたし達より三歳上だ。お互いにお金がないから結婚はまだ無理でも、春になったら同棲しようと考えているらしい。貫ちゃんは風呂なしトイレ共同のアパートを出ていく。中央線沿いに新しく部屋を借りようと相談しているみたいだから、バイトは辞めないと思うけど、こうして一緒に帰ることはなくなるかもしれない。どっちにしても、同棲して結婚を考えている彼女がいる男のことは、さっさと諦《あきら》めるべきだ。

「住むところ決まった？」前を歩く貫ちゃんに聞く。

「まだ」

「どこ辺にするの？」

「ミクは吉祥寺《きちじょうじ》がいいって言ってんだけど、ちょうどいい物件がなくって。阿佐ヶ谷《あさがや》と高円寺《こうえんじ》も探してる」

「ふうん」

吉祥寺は西荻窪の一駅先だ。阿佐ヶ谷と高円寺は西荻窪とは逆方面になる。吉祥寺ならば一緒に帰れると考えてしまった。

貫ちゃんを諦めようと、何度も思った。

三年前に知り合った頃、わたしにも貫ちゃんにも恋人はいなかった。仲良くなって、お互いの部屋に遊びにいくようになって、このまま付き合うことになるんだろうなと思っていた。しかし、そう思っていたのはわたしだけだった。

半年が経ち、貫ちゃんからミクさんが好きだと相談を受けた。その時、貫ちゃんはミクさんの主宰する劇団の舞台に客演していた。告白するのは本番が終わるまで待った方がいいよとアドバイスしながら、うまくいかないことを願っていた。本番が終わってすぐに貫ちゃんはミクさんに告白したが、その時はふられた。それから何度も告白しつづけて、半年かけて口説《くど》き落とした。

二年も付き合っているのに、貫ちゃんは酔っ払うとミクさんのどこが好きか語る。

「足、平気なのか？」貫ちゃんは振り返って、わたしの足下を見る。

「平気じゃない」

靴も靴下もビショビショで、爪先《つま》は今にも凍りそうだ。

「やっぱり、電車乗る？」

「どうせ駅から歩かないといけないし」

「凍傷《とうしょう》になるぞ」

「さっさと歩こう」

「靴、交換してやろうか」

「いいよ」

「ダメだって、交換、交換。早く脱いで」長靴を脱ぎ、雪の上に靴下で立つ。

「いいってば」

「早く、オレが凍傷になっちゃうじゃん」

「わかったよ」スニーカーを脱いで靴下も脱いで、貫ちゃんの長靴を履く。温かさがじわっと足に染《し》みこむ。

貫ちゃんは、わたしが脱いだスニーカーを履く。サイズが合わないからかかとを踏んでいた。

「コンビニで靴下買うか？」

「そんなお金あったら、タクシー乗る」

「アホか。タクシーのワンメーターより靴下の方が安いぞ」

かかとを踏んだまま歩くから、貫ちゃんが履いているスニーカーに雪が入っていく。

「貫ちゃん、本当に大丈夫？」

「雪国育ちをバカにすんな」

「ごめんね」

「こういう時は、ありがとうだろ。ありがとうって感謝の気持ちをこめて言いなさい」

「ええっ、嫌だよ。貫ちゃんが勝手にやったことじゃん」

「お前、そんなんだから男できないんだよ」

「うるさいっ」

長靴を履いた瞬間は温かかったが、靴下を履いていないのもあり、徐々にまた足は冷えていく。歩くのもいつもより時間がかかる。転ばないように慎重になり、体力を使う。一人だったら辛《つら》かっただろうなと思う。でも、貫ちゃんがいるから楽しく感じた。

貫ちゃんの明るさや優しさはもちろん好きだけど、こうして一緒にいる時に楽しいと感じるから好きになった。この楽しさは他の人では感じられない。二人でいる時間は特別で大切だった。

わたしだって、男の子と付き合ったことはある。東京に出てきて一年が経ち、貫ちゃんとミクさんが付き合いはじめた頃、わたしにも彼氏がいた。高校の同級生で、彼は都内の大学に通っていた。わたしが上京してから連絡を取り合うようになり、何度かごはんを食べにいき、付き合おうと言われた。向こうはセックスができれば、誰でも良かったんだと思う。わたしも貫ちゃんを忘れられるならば、誰でもいいと思っていた。長くつづくはずがなくて、三ヶ月で別れた。

彼氏がいるくせに、貫ちゃんから「ミクさんと付き合う」と言われた時にはショックを受けた。

厨房で二人並んで餃子を包んでいる時に言われ、しばらく呆然《ぼうぜん》としていた。それでも手は動いて、餃子を包みつづけた。

そんなことをしているから、わたしはいつになっても恋愛が理解できないのだろう。

それでも、友達との間に流れる時間と恋人同士の間に流れる時間が違うことくらいわかる。貫ちゃんにとっては、わたしといるよりミクさんといる時間の方が、ずっと特別で大切なんだ。

「じゃあな、また明日」西荻窪の駅の近くにあるコンビニの前まで来たところで、貫ちゃんが言う。

右に行くとわたしが住むアパートがあり、左に行くと貫ちゃんが住むアパートがある。

「長靴、どうする?」

「明日、返して」

「わたし、スニーカーないと他に靴ない」

「明日、返すよ。明日も積もってるから長靴でバイト来いよ」

「わかった。じゃあね」

「じゃあな」

手を振り合って別れる。

後ろ姿を見送ったりはしない。

いつもは二十四時過ぎまで働いている。前はわたしのアパートまで送ってくれることもあった。そのまま、わたしの部屋で朝まで話したり、ゲームをしたり、深夜番組を見たりした。ミクさんが「アパートの前まで送るのはいいけど、部屋には上がらないで」と言ったらしい。貫ちゃんじゃなくて、他の友達から聞いた。送ってもらうのも悪いからいいよと断り、貫ちゃんはわたしの部屋に来なくなった。

一人になったわたしが危ない目に遭《あ》ったら、貫ちゃんはとても後悔するだろう。そのために、痴漢くらいなら遭ってもいい気がしてしまう。実際に遭ったら怖くてしょうがないけど、わたしのことで後悔して落ちこむ貫ちゃんが見たい。

アパートまで帰ると、部屋の前に痴漢ではなくて公太《こうた》君がいた。

廊下に座りこみ、雪が降る空を見上げている。横顔のキレイさに一瞬だけ見惚《みと》れた。男のくせにわたしよりキレイな顔をしている。

「おかえりなさい」わたしに気がつき、公太君は笑顔で手を振る。

笑った顔はキレイよりかわいいという感じだ。二十歳になったばかりで、子供っぽさが残っている。

「ただいま」

「入っていい？」

「ダメ」

「入れてよ」公太君は鍵を開けるわたしの後ろに立ち、抱きついてくる。

「ダメ」

「真希ちゃんの中に入りたいな」子供っぽく無邪気に言っているが、完璧な下ネタだ。

「嫌」

どんなに断っても公太君が怯《ひる》むことはない。ドアを開けると部屋の中に入ってきた。抱きついていた手を離して正面にまわり、二人で立つには狭《せま》い玄関でキスをする。そのま ま、部屋に上がってキッチンの前で押し倒された。

「真希ちゃん、身体冷たい」

「先にシャワー浴びたいんだけど」

「一緒に浴びる？」

「それは絶対に嫌」

「じゃあ、待ってる」子犬のような顔で拗《す》ねて、正座する。

脱ぎ散らかした公太君のスニーカーと貫ちゃんの黒い長靴を玄関に並べなおしながら、泣きたくなった。

　夜中に目を覚ましたら、雪はやんでいた。

星がよく見えるかもしれないと思い、窓を開けてみた。

積もった雪の白さのせいか、空は妙に明るい。晴れているけど、星はいつもより少ないくらいだ。月も出ていない。

「寒い」隣で寝ている公太君が言う。

「ごめん」窓を閉める。

「なんかあった？」

「雪、やんだかなと思って」

「そう」そのまま、また眠りに落ちていく。

キスをしても、セックスをしても、一緒に眠っても、わたしと公太君は恋人ではない。

公太君は貫ちゃんが所属する劇団の後輩だ。大学生だけど、授業にはほとんど出ないで、劇団の雑用係みたいなことをやっている。貫ちゃんがかわいがっていて、餃子屋によくごはんを食べにくる。最初に会った時は、まだ高校三年生だった。

弟と同い年で、東京の弟と思ってわたしもかわいがっていたのに、去年の今頃からこういう関係になった。

強い風が吹く日だった。公太君は「西荻の駅前でごはん食べていて、終電間に合わなくて貫ちゃんの部屋に行ったら、ミクさんがいて入れてくれなかった」と言って、わたしの部屋に来た。キレイな顔を利用して女関係が派手なのは知っていたが、わたしにとっては弟みたいなものだ。風に吹かれて寒そうにしているのがかわいそうで、何かするとも考えずに泊めて、セックスをしてしまった。あまりにも自然な流れで拒《こば》む隙《すき》もなかった。それから同じように言って部屋に来るようになり、気がつけば一年つづいている。

わたしの部屋に来ない日、公太君は違う女の人の部屋にいる。野良猫のように、好きな時に好きな場所へ行き、好きな餌《えさ》をもらってくる。今日だって、わたしの帰りがもう少し遅かったら、他の女の人に会いにいっただろう。弟を見るお姉ちゃんの気持ちで心配になることはあっても、嫉妬《しっと》することはない。お互いの機嫌がいい時にだけ会えばいい相手で、公太君が本当はどういう人なのかもわからなかった。

本気で嫌な時、公太君はすぐに察して帰っていく。最初だって拒もうと思えば、拒めた。拒まなかったのは、わたしがセックスをする相手を探していたからだ。貫ちゃんを諦められないで、気持ちをごまかして他の人と付き合うのも嫌で、彼氏ができないのはがまんするしかないけど、セックスしないでいられるわけがない。

公太君は貫ちゃんの前では、派手な女関係の話はしない。貫ちゃんがそういうのを好きじゃないとわかっている。わたしとのことも絶対に言わないから、都合が良かった。

布団に入り直して、眠る。

朝になれば、公太君はいなくなっている。自分がいた痕跡《こんせき》を残さず、消えていく。

雪が降った日から一週間経ち、貫ちゃんが作った雪だるまは小さな雪の塊《かたまり》になった。三日間は溶《と》けた部分を補修して、雪だるまの形を保っていた。四日目に雨が降り、一気に溶けて崩《くず》れた。明日か明後日には完全になくなりそうだ。

「真希さんと貫ちゃんは付き合っているんですか？」テーブルを拭《ふ》きながら、麻夕ちゃんが言う。

「はい？」醬油《しょうゆ》を補充しながら、聞き返す。

今日は貫ちゃんは休みだ。ミクさんと不動産屋まわりをしている。来月の前半には引っ越したいから、今日中に決める予定らしい。代わりにわたしが麻夕ちゃんの教育係をやっている。

「真希さんと貫ちゃん、仲いいじゃないですか？」

「はあ」

先輩を貫ちゃんと呼んでいるのは突っこまなくていいところだ。貫ちゃんから「貫ちゃんって呼んで。タメ口でいいから」と、言ったのだろう。

「付き合っているんですか？」

「付き合ってないよ」

「そうなんですか。良かった！」

麻夕ちゃんはテーブルを拭く用のダスターを持ったまま、夢見る乙女のように顔の前で手を組む。良かった！　と、言わなくてもわかるくらい嬉しそうにする。漫画だったら、顔の周りにハートマークが飛んでいそうだ。

二十三歳というのは恋愛の状況が一番ばらつく年齢の気がする。

中学生の時は、付き合ったことがある人の方が少なかった。高校生になったら、みんな一人か二人くらいは付き合ったことがあると変わるが、誰とも付き合ったことがないという人もまだ多くいる。高校を卒業したら、彼氏彼女がいるのが当然のようになる。そこから徐々にばらついていく。

貫ちゃんみたいに一人とじっくり付き合っている人もいれば、わたしみたいに片思いをこじらせてよくわからなくなっている人もいる。公太君はまだ二十歳になったばかりだけど、三年後には今より多くの女の人と付き合っているだろう。二十三歳の恋愛の「普通」はわかりにくい。

多分、二十代後半になったら、結婚する人もいて、そのばらつきは収まっていく。

麻夕ちゃんはきっと、公太君と対極の辺りにいる。付き合ったことさえないんだと思う。そうじゃなかったら、こんなわかりやすい反応は恥ずかしくてできない。

「貫ちゃん、彼女いるよ」

言わない方がいい気がしたが、黙っているのもよくないだろう。

「えっ？」ダスターを落とし、麻夕ちゃんはわかりやすくショックを受ける。

「二年くらい付き合ってて、春から同棲する」

「そうなんですか」力が入っていない声で言い、ダスターを拾う。

麻夕ちゃんをいじめているような気持ちになりながら、自分も傷つけていた。

貫ちゃんに、どうなってるの？　と、聞くのも辛いが、人に話すのは確認作業のようでいちいち言葉が刺さる。自分が黒ひげ危機一発になった気分だった。これ以上剣を刺したら、ボンッと音を立てて飛びあがり、そのまま爆発する。黒ひげは爆発しないし、わたしも爆発しないけど、心が破裂しそうだ。

「貫ちゃんのこと、好きなの？」

ホールで話すことではないから、厨房の奥に移動する。ダスター用の洗濯機の使い方を説明しているフリをしながら喋《しゃべ》る。

「わたし、貫ちゃんがいるからここで働きはじめたんです」

麻夕ちゃんはしゃがんで、使用済みのダスターを入れるカゴをのぞきこんでいる。

「えっ？　貫ちゃんと前から知り合いなの？」

「違います。貫ちゃんの舞台を見て、素敵だなと思って」

「舞台？」

「去年の終わりにやったやつです」

クリスマスの頃、貫ちゃんの所属する劇団の本公演があった。わたしも当日受付の手伝いに行った。キャパ百人もない劇場で、客のほとんどは友達や関係者だ。演劇をやっている友達同士でノルマを解消し合っていかないと、公演を打つのは難しい。麻夕ちゃんのようなお嬢様の知り合いが劇団の関係者にいるとは思えない。毎日毎日バイトして、お金に苦しんでいる人がほとんどだ。でも、それなりにいい大学を出ている人も多いから、そういう知り合いがいるのかもしれない。

「どうして見にいったの?」

「わたし、憧れているんです。こうしてバイトしたり、アパートに住んだり、ああいう仲間がいることに」

「へえ」

遠く離れたところから見て間違ったイメージを抱いてしまったのだろう。演劇をやっている友達は仲間だと思うし、楽しいことは多い。

しかし、今の生活は憧れられるようないいものではない。

先月、電気を止められた。電気代が払えず、貫ちゃんにお金貸してと頼もうとしたら、貫ちゃんは携帯電話を止められていて連絡がとれなかった。アパートまで会いにいき、四畳半の貫ちゃんの部屋でお互いの所持金を計算して、給料日までがんばろうと励《はげ》まし合った。電気代は、親には頼めないから、いとこの芙美ちゃんに払ってもらった。そんなことがしょっちゅうある。

　部屋に帰っても電気がつかなくて「あっ、まただ」と呟《つぶや》いた時には、落ちこむのを通り越して怖くなった。光熱費もまともに払えないという大人として考えられない生活に、慣れてしまっている。

「それで、貫ちゃんを見て素敵だなって思って、ここでバイトしているって知って」

「どこで知ったの？」

「ネットで」

「ネット？」貫ちゃんはブログもツイッターも何もやっていない。プライベートの情報はわからないはずだ。

「劇団員さんのツイッターを見て」

「そうなんだ」

　プライベートがわかるまで、貫ちゃんの周囲の人を調べつづけたというわけか。

「一緒に働きたいと思って、パパに社会勉強させてほしいって頼みこんだんです」

「ああ、そう」

　パパって、二十三歳にもなって人前で言うなよと思ったが、どうでもいいことだ。

麻夕ちゃんがやっていることはストーカーだ。バイト帰りに貫ちゃんをつけたりはしていないから軽く見えるし、かわいい顔にごまかされそうになるが、一歩間違えれば犯罪になる。

「真希さんと付き合っているなら、大丈夫って思ったのに」

大丈夫ってどういうこと？　とは、聞かないでおこう。相手は恋愛どころか世間のこともわかっていない。

「彼女って、かわいいんですか？」麻夕ちゃんは顔を上げて、わたしを見る。

「かわいいっていうのとは違うけど」

ミクさんはかわいいやキレイという言葉ではくくれない人だ。いつもエネルギーに満ち溢れ、輝いている。主宰している劇団のファンも多い。まだノルマはあるらしいけど、それほど厳しくないはずだ。

「二年も付き合っているんじゃ、別れませんよね」

「うん」

貫ちゃんとミクさんが別れればいいと、二人が付き合いはじめた頃はずっと思っていた。でも、どんなにけんかしても別れない。最近はけんかもしないらしい。ミクさんと付き合う前の貫ちゃんは小さくてかわいい感じだったのに、日に日に男らしくなる。見る映画や読む小説の趣味も、ミクさんの影響で変わった。ミクさんも貫ちゃんに薦《すす》められた漫画を読んでいると話していた。結婚はまだ先だと思うけど、別れることはない。

「ごめんなさい。仕事中に」立ち上がって、麻夕ちゃんは頭を下げる。

「ううん、いいよ」

「貫ちゃんには今の話しないでくださいね」

「しないよ。当たり前じゃん」

「わたし、彼女がいても貫ちゃんが好きです」さっきまで落ちこんでいたのに、表情が明るくなる。「一緒に働いて本気で好きになりました。好きでいてもいいですよね？」

「うん」わたしが許可することではないが、うなずいておく。

ストーカーは問題があるけど、純粋さやまっすぐさはかわいいと思う。

同時に、胸の奥をギューッと締めつけられたように苦しくなる。

わたしはどうして麻夕ちゃんのように強くいられなかったんだろう。

純粋さをバカにして、そんな風にはいられないと開き直り、貫ちゃんを想う辛さから逃げた。いつまでも諦められないのは、わたしが弱いからだ。貫ちゃんに「好きだ」と言うこともできず、逃げつづけている。ふられるとわかっている、友達でいられればいい、誰にも求められていない言い訳を自分にしている間に、貫ちゃんはミクさんと二人で先へ進んでいく。

「ホールに戻りましょう」

「そうだね」

ホールに戻った途端に麻夕ちゃんはまた落ちこんでいる顔に戻った。貫ちゃんとミクさんが来ていた。餃子を食べながら、わたしと麻夕ちゃんに手を振ってくる。

「真希ちゃん、久しぶり」ミクさんも手を振る。

二人が一緒にいるところを見るのは、貫ちゃんの所属する劇団の本公演以来で、二ヶ月ぶりだ。打ち上げの席で周りに煽《あお》られ、キスしていた。貫ちゃんがふざけて舌を入れて、がっつりディープキスした後で、ミクさんは怒った。怒っているミクさんも、怒られている貫ちゃんも、顔は笑っていて幸せそうだった。酔っ払っていたのに、二人のキスは鮮明な映像として記憶に残っている。

麻夕ちゃん以上に落ちこんでいる顔をしたいが、できない。

「お久しぶりです」笑顔で手を振り返す。

一ヶ月に一回、芙美ちゃんと会う。

それが東京に出るにあたり、両親が出した条件だった。わたしより十歳上の芙美ちゃんは、いとこの中で一番年上でしっかり者だから、父も母も信頼している。過保護に育てられた憶《おぼ》えはないし、東京に行きたいと最初に話した時も、好きにしなさいと言われただけだった。でも、体調とか、悪い男にだまされるんじゃないかとか、それなりに心配されているようだ。

芙美ちゃんには子供が二人いる。専業主婦だからって、暇なわけじゃない。一ヶ月に一回も会っていられないだろうと思っていたが、なんだかんだ言ってほぼ毎月会っている。会わない月もあるけど、月に二回会う時もある。

「真希ちゃん、雪の日何してた？」隣に座る翔《しょう》ちゃんが言う。

「バイト」

「ふうん。真希ちゃん、いつもバイトしてるね」

「働き者だからね」大きなお世話だと思うが、子供に言ってもしょうがない。

翔ちゃんは、芙美ちゃんの長男で、もうすぐ小学校二年生になる。ちょっと前まで赤ん坊で、何を言っているかわからなかったのに、最近は会う度に生意気になる。

「ぼくはね、雪合戦やったんだ」

「そうなんだ。学校のお友達と？」

「うん。ぼく強いんだよ」

吹雪だったから、子供が出歩けるような状況ではなかった。話を大きくしていると思ったが、聞いておく。

今日は翔ちゃんの子守役で呼ばれた。芙美ちゃんは妹のヒナちゃんを連れて、お受験のお教室の体験クラスに行っている。旦那さんの実家がすぐ近くにあるけど、子守をしょっちゅう頼むわけにはいかないらしい。特にお受験の話になると、色々と面倒くさくなるようだ。翔ちゃんの時は揉《も》めに揉めて、近所の公立に行くことになった。

「翔ちゃん、学校楽しい?」

「学校は、楽しいとかそういうんじゃないんだよね」

意外な答えが返ってきたなと思ったが、テレビドラマか何かのマネだろう。テレビは見せないで、お菓子を食べさせないでと芙美ちゃんに言われている。お菓子はゴミでばれるから食べないけど、子守中ずっとテレビを見ている。そうしないと、翔ちゃんは全力で家中を走りつづけるので、ついていけない。

「そろそろ芙美ちゃんが帰ってくるからテレビ消そうか」

「うん、ベランダで遊んでたフリしよう」

「そうしよう」

テレビを消して、ソファーのクッションを並べ直し、リモコンを元の位置に戻し、ベランダに出る。

ベランダから目の前に多摩川《たまがわ》が見える。

西伊豆《いず》の海にわたしや弟を投げ飛ばしていた芙美ちゃんが、二子玉川の高級マンションに住む奥様になるなんて、誰が想像できただろう。広いリビングとダイニングには北欧ブランドの家具が揃《そろ》い、雑誌に出てくるみたいにお洒落《しゃれ》だ。夫婦の寝室と子供達の部屋の他に、客間もある。子供達が大きくなったら客間をなくして、一人一部屋にするらしい。お受験とか言われると笑ってしまいたくなるが、本人は真剣だから、黙って聞かないといけない。

こういう生活に芙美ちゃんが憧れていたのはわかる。

わたしも、舞台で活躍して、演技派とか言われてテレビに出て、お金持ちになって、お洒落な生活をするんだと夢見て、東京に出てきた。

川の向こうに陽が沈み、空がオレンジ色に染まっていく。

「真希ちゃん、今度キャッチボールしよう」

「パパとやりなよ」

「パパ、忙しいんだって」

「へえ、そうなんだ」

翔ちゃんはわたしを見ないで、隅に置いてあるプランターをいじっている。ベランダを花でいっぱいにすると言って芙美ちゃんが買ってきて、そのままになっているやつだ。聞いたらいけないことを聞いた気分になった。

「ただいま」芙美ちゃんとヒナちゃんが帰ってくる。

「おかえりなさい」翔ちゃんがリビングに戻っていき、わたしも戻る。

「ありがとうね。何してたの？」わたしを見て、芙美ちゃんが言う。スーパーで買い物してきた袋をダイニングテーブルに置く。

「ベランダで川を見たり、家の中で遊んでた」

「そう。宿題は？」

「終わったよ」翔ちゃんが答える。

宿題は算数のドリルで、ほとんどわたしが解いた。勉強しなさいとうるさいママに対して、悪いことを教えてくれるお姉さんも必要だろう。

子供の頃、芙美ちゃんは大人の前ではしっかり者の顔をしながら、子供だけになると悪いことを教えてくれるお姉さんだった。大学から東京に出て、表も裏もしっかり者になってしまった。

ヒナちゃんが「真希ちゃんに見せたいものがあるの」と言って子供部屋に行き、翔ちゃんもそれについていく。子供部屋は廊下の奥にあり、ダイニングからもリビングからも見えない。

「ヒナ、うがい手洗いしなさい」芙美ちゃんが廊下の奥に向かって言う。

部屋の中から微《かす》かに返事が聞こえたが、出てこない。

「二人とも大きくなったね」

お教室どうだった？　とは聞いたらいけない。結婚や子育ての話は、独身者にはわからないことであり、できるだけ当たり障《さわ》りのない話題を選ぶ。

「そう？　でも、翔太《しょうた》もヒナも平均身長より小さいのよ」話しながら、芙美ちゃんは買ってきたものを冷蔵庫にしまう。

「へえ」

「それより、真希はどうなの？」

「どうって？」

「演劇は？　ちゃんとやってるの？」

「やってるよ」

「次の公演はいつ？」

「それは、決まってないけど」

去年の八月に所属する劇団の本公演があった。稽古《けいこ》中に主宰と制作がけんかして、公演期間中に役者同士がけんかした。わたしもそこに巻きこまれた。主宰と制作はもともと付き合っていた。別れても劇団をやっていく仲間だと言っていたが、主宰が劇団員の女の子と付き合いはじめた。彼女と付き合うために、制作と別れたようだ。そのことで怒りたくても怒れない制作は、稽古の連絡がうまく回っていないと全然関係ないことで切れた。険悪な空気は役者にも伝わっていき、それぞれが不満をこぼすようになり、あちらこちらで小さなけんかが起こる。どうにか耐えて公演を終えたが、打ち上げで爆発した。どっちにつく？と、主宰に聞かれて、わたしは愛想笑いをしてごまかした。

制作は、劇団の事務関係の仕事を全て無償でやってくれる。代わりの人を見つけるのは、とても難しい。主宰と制作に信頼関係がないと、劇団は成り立たない。このまま解散というか自然消滅するのだろう。有名な劇団じゃないから、消えるのは簡単だ。

他の劇団のオーディションを受けようと考えてはいるが、その気力がない。静岡にいた時は、東京で成功するんだと、情熱を燃やしていた。東京に出てきたら現実が見えた。

このまま西荻窪のワンルームアパートに住んで、アルバイトしながら演劇をやっていくことはできる。でも、それしかできない。中央線沿いは演劇をやる人にとって、天国でもあり地獄でもある。みんな仲間で楽しいという天国にいながら、世間の常識から外れていき、社会に戻れなくなる。気がつけば、永遠にこのままという地獄に堕《お》ちている。演劇も恋愛も諦めて、静岡に帰った方がいい。今ならば、父親や親戚が就職先やお見合い相手を紹介してくれる。

「ちゃんとしなさいよ。今年で二十四歳になるんだから。いつまで、フリーターでいるつもり？」

「それは、考えてるよ」

「バイトも餃子屋じゃなくて、もっとちゃんとしたところで働きなさいよ」

「わかってるよ！」声を荒らげてしまった。

お受験のことで、芙美ちゃんは機嫌が悪いんだと思って聞き流したかったが、がまんができなかった。

芙美ちゃんだって、餃子屋がちゃんとしていないと言いたいわけではない。わたしが演劇の公演を定期的にやって、オーディションもたくさん受けていれば、黙って応援してくれるだろう。何もしないで、バイトばかりして、その割にお金がなくて電気代も払えなくて、靴さえ買えないから心配してくれているんだ。わかっているけど、ちゃんとちゃんとと言われるのは耐えられない。

「真希ちゃん、これ見て」

ヒナちゃんがうさぎのぬいぐるみを持って、子供部屋から出てくる。

「真希ちゃん、どうしたの?」一緒に出てきた翔ちゃんがわたしの横まで来て、顔をのぞきこんでくる。

「二人とも、もうすぐごはんだから手を洗ってきなさい」芙美ちゃんが言う。

「うん」

心配そうな顔をしながらも、翔ちゃんとヒナちゃんは洗面所に行く。

「今度さ、靴買いにいこうか」優しい声で言い、芙美ちゃんはわたしの肩に手を置く。

「お金ない」

「買ってあげる。いつも翔太を見てくれるお礼」

「いらない」

「次会うまでに考えておいて。真希も手を洗ってきなさい」

「うん」

洗面所に行き、翔ちゃんとヒナちゃんと一緒に手を洗う。外国製の石鹸《せっけん》の甘い香りがする。でも、洗った後の手からはほのかに餃子のにおいがした。ビニール手袋をして包んでいるのに、においが染みついている。

夕ごはんは、雑誌でしか見たことがないようなお洒落な盛り付けの料理が並んでいた。野菜中心のメニューだったけど、翔ちゃんもヒナちゃんもたくさん食べた。ごはんを食べた後は、ボードゲームで遊んだ。表示が全て英語だった。子供でもわかるレベルの単語しか書いていないはずなのにわからなくて、翔ちゃんに教えてもらった。

電車で帰ると嘘をつき、芙美ちゃんに千円もらった。

自転車で来ていると前に話したら、危ないからやめなさいと怒られた。交通費がもったいないと言い、千円もらうようになった。プライドを折られた気分になったが、一度折れたプライドを守る必要はない。今では、高校生の時に母からパン代をもらっていたくらいの感覚になっている。

自転車で環八を走りながら、芙美ちゃんとのやり取りを思い出した。

翔ちゃんとヒナちゃんとボードゲームで遊んでいた時は楽しかったのに、イライラしてくる。

わたしだって、寒い中を風に吹かれながら一時間半もかけて自転車で帰るような生活を好きでしているわけじゃない。

東京に出てきてわかったのは、夢は叶《かな》わないということだ。

でも、無理だからって静岡に帰ると決められるほど、わたしはまだ何もしていない。何もしていないから、微かにでも希望は残っている気がして、諦められない。

アパートに着いたら、部屋の前に公太君がいた。廊下に座りこんでいる。

「おかえり」わたしに気がつき、立ち上がる。

「ごめん。帰って」今日は本気で会いたくなかった。

「なんかあった?」

「帰って」

「どうしたの?」

「そういうの聞く関係じゃないじゃん! 帰ってよ」

「帰れないよ」

自分は今、どんな顔をしているんだろう。

自転車で走ってきたから、髪の毛はボサボサになっているはずだ。化粧も剝《は》がれているだろう。寒さで鼻が赤くなっているかもしれない。鼻水が出そうだった。公太君のキレイな顔に見つめられるのが恥ずかしい。こんなにキレイな男の子をセックスするだけの相手として軽く考えていた分不相応さも、恥ずかしくなる。

「こんなこと言ったら迷惑だと思うけど、オレは真希ちゃんのことが本気で好きだよ」正面に立ち、公太君はわたしの目を見て言う。「真希ちゃんが貫ちゃんのことを好きだってわかってるから、今まで言えなかった。でも、このままだと真希ちゃんが辛い思いをする。オレのこと、真剣に考えてくれない？　貫ちゃんのことを忘れられなくてもいいよ。それも全部で真希ちゃんを大切にしたい」

「何、言ってんの？　他にも付き合ってる女の人いるでしょ？」

「いないよ。前はいたけど、今はいない」

「嘘」

「本当。信じてくれなくてもいいよ。でも、オレは真希ちゃんが好きだから。今は真希ちゃんだけだから」両手で、わたしの手を握《にぎ》る。

「信じない」

「こんな寒い日に待ってるんだよ」

握られた手が温かくなって、涙がこぼれた。

「ちょっとだけ信じる」

公太君のことを好きになろうと思えた。貫ちゃんを忘れて、公太君を好きになって、わたしの東京での生活が本当に始まるんだ。

お昼近くに起きても、公太君は隣で眠っていた。いつもより深く眠れているのか、わたしがベッドを出ても起きなかった。彼にとってわたしの部屋が安心して眠っていられる場所になったんだと思うと、わたしも安心できた。バイトに行く準備をしていたら、目を覚ました。寝てていいよと言い、合い鍵を渡して部屋を出た。

「なんか、いいことあった?」餃子を包みながら、貫ちゃんが言う。

今日は麻夕ちゃんは休みだ。ランチタイムのピークが終わり、久しぶりに貫ちゃんと二人で餃子を包みつづけている。

「ないよ」

「いや、あったね。オレにはわかるよ」

「ないって」

「公太だろ?　公太となんかあったんだろ?」わたしの顔を見て、からかうように言う。

貫ちゃんにはしばらく知られたくないと思っていたが、公太君の名前が出たら、顔が熱くなった。

はじめて恋愛をした中学生の頃に、友達にからかわれた時のように照れてしまう。公太君がわたしとの関係を言わなくても、わたしを好きだということは貫ちゃんに相談していたのかもしれない。

「ないよ。さっさと餃子包みなよ」

「ちゃんと話せよ。何？　付き合うの？」

「付き合おうかなって思ってる」

「そうなんだ。良かったな」

嬉しそうにしている貫ちゃんを見たら、こんな簡単なことだったんだと思った。公太君と付き合い、貫ちゃんとは友達としてこれからも仲良くする。そのうちに恋愛として好きだという気持ちは、友達として好きという気持ちに変わっていくだろう。自分の中に昨日までとは違う穏《おだ》やかな気持ちが生まれてきていた。

「いいな。新しい恋か、うらやましいな」

「自分だって、ミクさんがいるじゃん。でも、二年付き合ってるんじゃ、違うか」

「ミクと別れた」貫ちゃんは手元を見て、いつもの笑顔ではなくなる。

「えっ？」

「なんか、部屋を探している間に、お互いの考えている将来が違うって気がついちゃって。どうにか修復しようとしたんだけど、違うってことが明らかになるだけだった」

「そうなんだ」

デジャブだ。と、一瞬だけ感じた。

でも、違う。

前の時は、付き合うという話だった。だから、自分に彼氏がいるくせに、諦めなきゃいけないと呆然とした。今のわたしには公太君がいて、友達として貫ちゃんに何か言わないといけないのに、言葉が出ない。

白くて丸い皮を手に置き、具を載せて水をつけ、包む。

白くて丸い皮を手に置き、具を載せて水をつけ、包む。

白くて丸い皮を手に置き、具を載せて水をつけ、包む。

手に置いた皮が具の入ったボウルに落ちる。

わたし、どこで間違えたんだろう。

八幡山

はちまんやま

右目の周りが青い。漫画みたいだ。

鏡に映る自分の顔を見つめ、そっと触る。

痛みはない。かゆくもない。強く押しても何も感じない。もう何も感じなくなっているのかもしれない。そう思っても、見ない。背中には鈍い痛みがある。右のわき腹に近いあたり、身体をひねれば見られるけど、見ない。痣《あざ》ができているのは、見なくてもわかる。呼吸ができるし、立っていられる。骨が折れているわけじゃない。わたしが気にしなければ、そのうちに消える。

「おはよう」貴志《たかし》くんが洗面所に入ってくる。

髪の毛は寝癖でボサボサで、まだ眠そうな顔をしている。

「おはよう」振り返り、二十センチも離れないで向かい合う。

貴志くんはじっとわたしの顔を見ている。何も言わず、表情も変えず、首を傾《かし》げる。伸びた首筋を、引っ搔く。紺色と白のボーダーのシャツと紺色のズボン、二人で出かけた時に買ったお揃いのパジャマは、コントに出てくる囚人服のようだ。

背中の痛みが増す。意思を持っているかのように、熱くなる。

「顔、洗いたいんだけど」引っ掻いたところが赤くなり、血が滲《にじ》んでいた。

「あっ、ごめん。ごめんね」

「いいよ」首をまっすぐに戻し、笑顔になる。「コーヒー、淹《い》れて」

「朝ごはんは？」

「コーヒーだけでいい。いつもより早く出ないといけないから」

「わかった」手に持っていたタオルを洗濯カゴに入れる。

洗面所を出て、台所に行く。

すれ違う時に貴志くんの顔から笑みが消えた。身体が引きつりそうになり、堪《こら》えた。

やかんでお湯を沸かしている間に新聞を取りにいき、寝室に行って窓を開ける。ベッドを整え、軽く掃除する。三月になり、春が来たと思えるくらい暖かい日もあるが、朝はまだ寒い。リビングに冷たい風が通らないようにドアを閉め、台所に戻る。

お湯が沸いたら、貴志くんの動きを見ながら時間を計算して、コーヒーを淹れる。顔を洗い、髪の毛を整え、洗面所を出て、書斎に入る。着替え終わって出てくるのに合わせて、ダイニングテーブルに新聞とコーヒーを並べておく。

「ありがとう」椅子《いす》に座って新聞を開き、貴志くんはコーヒーを手に取る。

白いシャツにグレーのスーツを着ている。ネクタイはまだ締めていないが、ジャケットを羽織《はお》っていた。

「寒い？」

「少し」新聞に目を落としたまま言う。

「ストーブつける？」

「いや、すぐ出るからいいよ」

「でも、寒いんでしょ。つけるよ」

「いいって」

「でも」

「絵梨《えり》が寒いならつければいいじゃん」顔を上げる。

怒ったのかと思ったが、笑っていた。

「そうだね、足が冷えるからつけるね」

電気ストーブの電源を入れる。身体を震わせるような音が鳴り、オレンジ色に光り出す。

前に立ち、足を温めていると、頭がぼんやりしてくる。

何も考えられなくなり、昨日の夜のことが頭に浮かんできた。廊下に丸くなっているわたしを、なぜか、わたしが見ている。

「今日、仕事は？」

話しかけられ、意識を戻す。

「お昼から」ストーブの前を離れ、台所から自分のコーヒーを持ってきて、貴志くんの正面に座る。

マグカップもお揃いだ。白地に赤い花柄、絵梨が気に入ると思ってと言い、貴志くんが買ってきた。好きなブランドのもので、前から欲しかったものなのに、喜べなかった。嬉しいと言いながら、嘘をついていると感じた。

「お昼って？」

「十一時」

「何時まで？」

「十八時までだから、貴志くんより先に帰ってくるよ。ごはん、作っておくね。それとも、遅くなる？」

貴志くんは早い日だと十九時には帰ってくる。残業だったり、会社の人と飲みに行ったりして、遅くなる日もある。それでも必ず、日付が変わる前に帰ってくる。

「十八時じゃ、オレとそんなに変わらないじゃん。店の近くまで行くから、外でごはん食べようか？」

「うん」

「行きたい店ある？」

「えっと」行きたいお店はたくさんあるはずなのに、どこも思いつかない。

「会社出る時にメールする。考えておいて」

「うん」

「バイト、大変じゃない？　働かなくてもいいんだよ」

「大丈夫。忙しくはないし、楽しいから」答えを間違えた気がして、背中が強張《こわば》る。筋肉を後ろに引かれ、胃が痛くなる。

「そう」新聞に目を戻し、コーヒーを飲む。

その後、二人とも何も喋らなかった。貴志くんが苦手だと言うから、朝はテレビをつけない。音楽もかけない。マンションの廊下から、小学校に行く子供達の声が微かに聞こえてきた。

コーヒーを飲み干し、貴志くんは立ち上がり、書斎に戻る。黒い薄手のコートを着て、出てくる。

「いってきます」

「いってらっしゃい」玄関に出て見送る。

ドアが閉まる。

マンションの廊下を歩く足音が遠くなり、階段を下り、聞こえなくなるのを待つ。

ダイニングに戻って、キレイに折りたたまれた新聞と並んで置いてあるチラシを開く。

叫びたいような、泣きたいような気持ちが胸の奥から湧《わ》き上がってくる。スーパーのチラシを見て、特売品の肉の値段を確認しながらコーヒーを飲み、感情も飲みこむ。


「それ、どうしたの？」

更衣室の奥に置いてある姿見を見ていたら、後ろからミクちゃんがのぞきこんできた。

「なんでもない」姿見の前を離れ、ロッカーの方へ行く。

目の周りにできた青痣は、コンシーラーとファンデーションを何度重ねても消えなかった。コンシーラーを塗《ぬ》って消えたと思っても、ファンデーションと馴染《なじ》ませると、うっすらと青い線が現れる。もっと塗れば消えるかもしれないけど、厚化粧になって不自然だ。

「なんでもなくないでしょ」ミクちゃんはついてきて、わたしの横に立つ。

「ちょっと、ぶつけちゃって」目を見てくるから、逸《そ》らす。

ミクちゃんは、わたしより背が高い。差は五センチもないと思うけど、手足が長くて、スタイルがいいから実際の身長よりも大きく見える。顔は化粧をしなくてもいいくらい整っている。パッチリ二重の大きな目で見られると、少し怖い。

「いやいや、ぶつけないでしょ。そんなところ」

「ぶつかっちゃって」

「何が？」

「手が」エプロンをして、お財布と定期入れと携帯電話とリップグロスを小さな手提《てさ》げカバンに入れ、店に出る準備をする。

「誰の？」

「貴志くんの」

「なんで？」

「なんでって？」

逸らしても逸らしても、ミクちゃんは目を合わせようと追いかけてくる。

「どうなって？」

「手を振り上げた時に、わたしが横にいて、パーンって」動作をつけて、説明する。

「それで、こんなになる？」手を伸ばし、痣に触ろうとする。

「力入ってなかったし、わたしも構えてなかったから、逆にいい感じにぶつかっちゃって」触られないように、よける。

「ふうん」納得していない顔でうなずき、まだわたしの目を見ている。

「皮膚が柔らかいところだから、痣になりやすいんじゃないかな。大丈夫、痛くないし」

こういう時は喋りすぎたらいけない。言葉を重ねれば重ねるだけ、嘘は遠のいていき、真実の輪郭《りんかく》を浮かび上がらせる。

「貴志くんとうまくいってんの？」

「いってるよ！」声の大きさに自分で驚いた。更衣室に他に誰もいなくて良かった。

「そう」

「ミクちゃんも早く彼氏できるといいね」忘れ物がないか確認して、ロッカーを閉め、鍵をかける。

先月、ミクちゃんは二年付き合っていた年下の彼氏と別れた。一緒に暮らす部屋を探している間に、お互いの方向性の違いに気がついたらしい。一人で平気だし、好きに時間を使えるから楽しいと話していたが、強がっているだけにしか見えない。

「今はいいよ。彼氏いても面倒くさいもん」

ミクちゃんもエプロンをして、店に出る準備をする。貴重品も携帯もロッカーに入れたままだ。リップクリームだけ、エプロンのポケットに入れる。

更衣室を出て、店に向かう。

わたしとミクちゃんは同じ店でアルバイトをしている。新宿のデパートの中にあるインテリアショップだ。更衣室は三階にあり、売り場は五階にある。バックヤードを通り、階段を上がっていく。

五階まで上がってから売り場に出る。

同じフロアには、アクセサリー小物の店や大学生くらいの子に人気があるブランドのバッグを扱っている店や靴下の専門店が並んでいる。わたし達が働くインテリアショップは一番奥にある。

他の店の店員と話しているミクちゃんは放っておき、先に行く。

「おはようございます」レジの下に手提げカバンを置き、朝番の人達にあいさつをする。

働いているのは同世代の女性だけだ。男性社員がいる店舗もあるが、うちは社員もバイトも女性しかいない。

平日の午前中だから、店はすいている。

大学生くらいのカップルがソファーを選んでいて、三十代に見える女の人がラグを広げて見ていた。

「おはよう」レジ裏にある一畳程度の事務室をのぞくと、亜実《あみ》ちゃんがいた。

「おはよう。ありゃ、どうしたの?」立ったままパソコンを見ていた手を止める。わたしの目を見て、驚いた顔をする。

わたしと亜実ちゃんの身長は同じくらいだ。ミクちゃんに見られた時のような、嫌な感じはしなかった。でも、体格ではなくて性格の問題だろう。亜実ちゃんには、詮索《せんさく》してくる感じがない。

「貴志くんの手がぶつかっちゃって」

「なんで? 大丈夫?」

「お互い不注意っていうか、鈍くって」

「ああ、貴志くんも絵梨もぼんやりしてるから」笑いながら言い、パソコンから離れる。

「うん、そう。ぼんやりしてるから」あとについて行き、レジに並んで立つ。

亜実ちゃんが笑ってくれたおかげで、本当にそうなんだと思えた。

「でも、それじゃ、店出るのはちょっと問題あるかもね」

「やっぱり」

接客業だから顔に傷があるのはまずい。ニキビの跡が化膿《かのう》したとか、目立たないところに擦《す》り傷《きず》があるとか、原因がわかるものや隠せるものならいいが、目の周りの青痣はお客さんを動揺させるだけだ。

「倉庫の整理でもしようかな。新商品入って、グチャグチャになってるから」

店で扱っているのは、アンティーク風の安く買える家具だ。

質が悪いとは言わないが、いいとも言えない。主なお客さんは二十代から三十代前半だ。進学のために上京してきた人や、大学を卒業して春から一人暮らしや同棲をする人で、三月と四月は忙しい。ラグやクッション、組み立てられる本棚が大量に入荷して、倉庫に溢れている。

「そうだね。そうしてくれると助かる」

「忙しくなったら、呼んで。在庫確認とか、レジの中や事務室でできることはやるから」

さっき置いた手提げカバンを持ち、店から出て、バックヤードに戻る。

「どこ行くの？」ミクちゃんが他の店の店員さんと話していたのをやめて、わたしについてくる。

「倉庫」

「何しにいくの？」

「整理しようと思って」

「その目で接客は無理だから裏に下がっていてって、亜実に言われたの？」

「そんな言い方されてないけど」

「まだバイトなのに、早速社員気取りだ」

「そういうことじゃないよ」

わたしとミクちゃんと亜実ちゃんは、同い年だ。

働きはじめたのはわたしが一番早くて四年前で、大学を卒業してからずっとここで働いている。一年後に亜実ちゃんが入ってきて、更に一年後にミクちゃんが入った。ミクちゃんは演劇をやっているからフリーターでいいと言っていて、亜実ちゃんも結婚が決まっている彼氏がいるから社員になる気はないと言っていた。

それなのに、亜実ちゃんはいつの間にか登用試験を受けて、四月から社員になる。

「手伝うことあったら、言って」ミクちゃんは店の方へ行く。

バックヤードに入り、倉庫へ行く。届いた商品がダンボール箱に入ったまま、山積みになっている。

ドアを開け、ラグやクッションが入っている箱を廊下に出す。奥に積んである組み立てられる本棚から整理する。しゃがみこむと、背中が出る。廊下を歩く人に痣を見られないように、シャツを引っ張る。

一人で働いていると、また昨日の夜のことを思い出した。

手がぶつかって痣になったというのは本当だ。

昨日の夜、リビングで映画を見ていたら、女優の中に名前を思い出せない人がいた。知っているはずなのに思い出せなくて「この人、なんていうんだっけ?」と、隣で見ていた貴志くんに聞いても、答えてもらえなかった。そこでやめればよかったのに、「ほら、あの映画にも出てたよね」「なんか、変わった名前なんだよ。なんだっけ?」「字はわかるのに、読み方がわかんないや」と、しつこく話しかけてしまった。そして、貴志くんが「ちょっと静かにして」と言い、虫を払うように振り上げた手がわたしの目に当たった。目を押さえていたら、貴志くんは慌てた顔で「ごめん」と言い、何度も謝ってくれた。映画を見ている時に話しかけたわたしが悪い。殴《なぐ》ろうとしたわけじゃないし、わざとでもない。力も入っていなかった。痣になったのは、当たったところが悪かったせいだ。

でも、その後に背中を蹴《け》られたのは、わざとだ。

目にゴミが入ったような感じがしたから、洗面所に行き、軽く洗った。まだ痣にはなっていなくて、少し赤くなっているだけだった。リビングに戻ろうとしたら、廊下に出てきていた貴志くんに正面から両手で押された。わたしが倒れると、無言のまま、背中を蹴ってきた。

何発蹴られたのかはわからない。

蹴られている間中、意識を遮断できるようになってきた。

身体を丸くして、目をつぶり、痛みを感じているのは自分じゃないと念じるように考えつづける。そうすると、幽体離脱でもしたかのようになり、自分の姿を見ることができる。頭の中で想像しているだけだとわかっているが、わたしを見ているのが本当のわたしだと思えば、そのうちに感覚が消えていく。

付き合い始めて、もうすぐ二年が経つ。

付き合ってすぐに、もともと貴志くんが住んでいた部屋にわたしが引っ越してきて、一緒に住むようになった。

京王線の八幡山にある2LDKのマンションで、バイト先の新宿まで近くなった。

それまでは、中央本線の藤野《ふじの》にある実家に住んでいた。相模湖《さがみこ》の近くの小さな町だ。特快や快速の乗り継ぎがスムーズにいけば、新宿まで一時間くらいで行けるが、スムーズにいかないと一時間半かかる。八幡山からならば、二十分もかからない。

わたしが引っ越してきた時、部屋の中は殺風景で、好きなものを置いていいよと言われた。貴志くんはパソコンやオーディオが好きだからテレビや家電はこだわっても、家具や雑貨には興味がない。バイトしているお店の家具が欲しくても、実家で置けるのは自分の部屋だけだ。台所やリビングは祖母と母の場所で、家具も雑貨も食器も全て、わたしが子供の頃から同じものを使いつづけている。好きなものを好きな場所に置けるのが嬉しくて、テーブルもソファーもベッドも店で買い揃えた。台所用品は雑貨屋を回って買い集めた。

従業員割引があるし、少しなら貯金もあると言ったけど、貴志くんが全部買ってくれた。

貴志くんはわたしより三歳上だ。銀座《ぎんざ》にある不動産関係の会社の経理部で働いていて、給料は結構もらっているようだ。パソコンや家電以外に高いものを買わないから、わたしとは桁《けた》が違う額の貯金もある。家賃と光熱費を半分払うと言ったら、気にしないでいいと言われた。

実家にいた時は生活費を家に入れていた。いつかは社員になり、一人暮らしをするという目標もあった。

目標はなくなり、洋服や化粧品代と亜実ちゃんやミクちゃんとランチに行ける額だけ稼《かせ》げばよくなった。週五日か六日働いていたのを、週四日に減らした。

都心に近いマンションに住めて、好きなものに囲まれ、貴志くんは優しくて幸せだった。

同じマンションに住んでいるのは、幼稚園か小学生の子供がいる家族が多くて、自分もあと何年もしないうちに結婚して、子供を産むんだと夢を描いていた。

最初に暴力を振るわれたのは、付き合って三ヶ月が経った頃だ。

亜実ちゃんとごはんを食べにいき、帰りが終電になってしまった。マンションのドアを開けたら、玄関に立っていた貴志くんに頰《ほお》を殴られた。泣きそうな顔で「心配した」と言われ、わたしは殴られた衝撃に驚きながら、必死で謝った。遅くなることは言ってあったから大丈夫だと思いこんだ。殴られたところは、次の日になっても赤く腫《は》れていた。バイトが休みだったから、部屋から出ないようにして、アイスノンで冷やした。

夜になって、貴志くんが仕事から帰ってきた後にもう一度謝り、今後は何があっても日付が変わる前に帰ってくることを約束した。わたしも貴志くんも、この約束を破ったことはない。

それからしばらくは何もなかった。

殴られたのは夢だったんじゃないかと思えるくらいに貴志くんはいつも笑顔で、前以上に優しかった。この前はごめんねと言い、小さなダイヤモンドがついたネックレスをくれた。

一ヶ月が経った日曜日、貴志くんがまだ寝ていたから、起こさないように買い物に行った。帰ってきて、台所で買ってきたものを整理していたら後ろから突き飛ばされ、倒れたところを蹴られた。それから半月くらい経ち、夕ごはんを食べている時に、店に来た男性のお客さんの話をしたら、頭を叩《たた》かれて、グラスを投げつけられた。

黙ってどこかへ行く、帰りが伝えた時間より遅くなる、他の男の話をする、この三つは絶対にダメで、他にも貴志くんの機嫌を損《そこ》ねることをすると暴力を振るわれるのが、今では日常になっている。

最初に頰を殴られた時以外は、痕《あと》が残らないように力を加減するか、痕が残っても隠せるところを狙《ねら》って、殴ったり蹴ったりしてくる。激昂《げっこう》しているように見えて、計算しているのだろう。

前は、蹴られながら「ごめんなさい」と謝ったりしたが、今は黙って終わるのを待つ。貴志くんも前は、泣きそうな顔で謝ってくれたけど、気が済むと何も言わず書斎に入るようになった。

寝室にあるウォークインクローゼットはわたしが使っていて、貴志くんのものは書斎に置いてある。そこでどう過ごしているのか知らないが、一時間くらい経って貴志くんが出てきたら、いつも通りに戻る。

二人とも、何も言わなければ、何もなかったことになる。

何かが壊れた場合は、わたしが片づけ、どちらかが新しいものを買ってきて補充する。

貴志くんが買ってきたお揃いのマグカップも、近いうちに割れるだろう。一つが割れたら、もう一つも捨てる。

倉庫の整理が終わって、そろそろお昼ごはんを食べにいこうと思っていたら、店長が来た。目をジッと見て、「帰っていい」と言われた。「どうしたの？」とか「何があったの？」とか、聞かれると思ったことは何も聞かれなかった。「はい」とだけ返事した。貴志くんに〈早退することになったから、家でごはん食べよう〉とメールを送り、お昼ごはんを食べないで、帰ってきた。

八幡山の駅の近くに木々に囲まれた病院がある。少し先に行けば、大きな公園もあり、町の中に緑が多い。山に囲まれた藤野とは違う都会的な緑だ。駅前のスーパーで買い物をして、ゆっくり歩く。貴志くんから〈わかった。なるべく早く帰る〉と返信があった。ミクちゃんからもメールが送られてきていた。〈大丈夫？〉とだけ書いてあった。

暴力を振るわれていることを誰かに言ったことはない。

でも、店長もミクちゃんも気がついている。蹴られたところが痛くて起き上がれず、風邪と嘘をついて休んだことが何度かあった。日曜日にシフトを入れたら、貴志くんの機嫌が悪くなり、早退したことも何度かある。前は、店長からも「何かあるなら話して」と言われた。けど、わたしが嘘をつきすぎたせいで、何も言われなくなった。何か言われるのは鬱陶《うっとう》しいのに、見放されたと感じた時は、悲しかった。

マンションに着き、買ってきたものを整理して、夕ごはんの準備をする。

今日は、貴志くんが好きなロールキャベツを作る。何度も作っているから簡単にできる。変わった料理は求められない。カニクリームコロッケ、グラタン、ハンバーグ、彼の好きなものだけ作っていればいい。

ソファーに座って、クッションを抱き、ぼんやりテレビを見る。

貴志くんと付き合うまでに、七人の男の子と付き合った。誰とも長続きしなかった。最初は優しくしてくれたのに、徐々に機嫌が悪くなり、別れたいと言われた。はっきり言ってくれるのはいい方で、浮気されたこともある。女の子と歩いているのを見ても、責められず、そのまま連絡を取らなくなった。七人目の彼氏とは一年付き合っていたが、彼にギャンブルで作った借金があり、将来のことは考えられなかった。一緒に暮らそうと言われたけど、自分も借金取りに追われるようになると感じて、逃げた。

「ただいま」七時になる少し前に、貴志くんが帰ってきた。

「おかえりなさい。早かったね」玄関に出る。

いつもは、八幡山の駅から電話をかけてくる。帰ってきて着替えたらすぐに食べられるように、ごはんの用意をする。ロールキャベツは温めるだけでいいけど、他は何も作っていない。電話がかかってきたら、サラダを作ろうと思っていた。

「うん。定時で終えて、すぐに帰ってきた」

「ごめんね。ごはん、まだできてないの」

「それより、早退って？　何かあった？」わたしの顔をのぞきこんでくる。本気で心配そうな顔をしていた。

「えっと」他の人には平気で嘘がつけるのに、貴志くんには嘘がつけない。

「体調、悪い？」

「ううん。そうじゃなくて、目のことでね。接客業だから」

「そっか。ごめんね。オレのせいだ」

靴を脱いでカバンを置き、貴志くんはわたしに抱きつく。息が苦しくなるほど、強く抱きしめられる。

「大丈夫だから。貴志くんは気にしなくていいんだよ」

わたしも気が弱いけど、貴志くんはわたし以上に気が弱い。

いつもわたしの顔色をうかがい、わたしがいなくならないか、怯えている。殴られるのも、蹴られるのも、愛されている証拠だ。

「ごめん」

「大丈夫だから」

「だって、絵梨、仕事好きなのに」

「仕事より、貴志くんが大切だし、好きだから」

「本当に？」貴志くんはわたしから離れる。

「ごはん、すぐ用意するから着替えてきて」

「うん」笑顔でうなずき、書斎に入っていく。

今日は暴力を振るわれることはない。その代わり、避妊しないでセックスをする。生理が近いから、中に出されても妊娠する可能性は低い。多分、貴志くんもそれをわかっている。今までにも何回かやっている。一度だけ生理が遅れたことがあって、焦《あせ》ったけど、大丈夫だった。

白いTシャツとベージュのパンツに着替えて、貴志くんは書斎から出てくる。

「まだ？」台所に立つわたしの後ろから抱きついてくる。

このまま、台所でセックスをするようなことはない。わたしがそういうことはしない女だと、貴志くんは思いこんでいる。前に付き合っていた彼氏とは、誰も見ていないからと言われて、夜中に近所の公園のすべり台の陰《かげ》でしたこともあった。夏場で、蚊に刺された。大学生の頃に付き合っていた彼氏とは、彼の部屋で朝から夜までセックスばかりしていた。何をされても、嫌だと感じることはなかった。

「もうちょっと待って」

「待ってる」

「すぐだから」

リビングに行き、貴志くんはテレビをつける。バラエティ番組を見て、笑っている。

二日休みがあって、目の周りの青痣はコンシーラーとファンデーションで隠せるくらい薄くなった。

今日は早番で、亜実ちゃんと一緒だったから、二人でランチに行くことになった。南口の髙島屋《たかしまや》沿いに並ぶセレクトショップの屋上にあるカフェだ。買い物に来たお客さんが寄るのか、お洒落な男の子とモデルみたいにスタイルがいい女の子で、いつも混んでいる。

一人だけの時やミクちゃんみたいにここに馴染める友達と一緒の時は気おくれしてしまうが、亜実ちゃんとだと何も気にしないでいられる。亜実ちゃんも、神奈川県の出身だ。横浜《よこはま》だから相模湖とは一緒にされたくないだろうけど、地元じゃ行けないかわいくてお洒落なお店に一緒に行こうと、前に言ってくれた。二人でいる時は、観光客みたいにはしゃいでも、恥ずかしくない。

わたしはローストチキンのサンドイッチセットを頼み、亜実ちゃんはトマトソースのパスタセットを頼んだ。

サラダとドリンクがついて千二百円する。ランチとしてはちょっと高い。でも、亜実ちゃんも彼氏に家賃や光熱費を払ってもらっているから、お金に困っていないはずだ。

亜実ちゃんの彼氏の結城《ゆうき》君は、貴志くんと同じ会社で働いている。わたしと貴志くんは、亜実ちゃんと結城君の紹介で知り合った。前は何度か四人でごはんに行った。

「引っ越し、やっと落ち着いたよ」サラダを食べながら、亜実ちゃんが言う。

「そうなんだ。良かったね」サンドイッチを飲みこむ。

亜実ちゃんと結城君は先月まで代々木《よよぎ》のワンルームアパートに二人で住んでいた。来月の二人が付き合い始めた記念日に籍を入れることが決まり、広い部屋に引っ越した。

「まだ買わないといけないものあるけどね」

「千歳船橋だよね？　うちと近くなったね」

「そんなに、近いかな？」

「環八でまっすぐだよ」

「逆に遠いって感じしない？」

「そうかな？」

京王線の八幡山と小田急線の千歳船橋は、環状八号線で繋がっている。電車で行くと、明大前《めいだいまえ》で井《い》の頭《かしら》線に乗り換えて、下北沢《しもきたざわ》で小田急線に乗り換える。もしくは、新宿で乗り換えが必要になる。でも、環八を車で行けば、十五分くらいだ。普段行くことはないけど、亜実ちゃんと結城君の部屋を見たいし、貴志くんに言えば車を出してくれる。

「もうちょっと落ち着いたら、遊びにきて」

「行く。買わないといけないものって？　わたしに買えるものなら、プレゼントするよ。引っ越し祝い」

「いいよ。本棚とかだから」

「うちの店で買うの？」

「ううん。この先ずっと使うものだから、長く使えるものを探す。サイズも大きいのが必要だし。うちの店のは、デザインも若い子向けで甘すぎるしね」

「そっか。そうだね、これから何十年も使うものだもんね」

「何十年か、長いな」

「でもさ、結婚するのに、どうして社員になったの？」アイスミルクティーを飲む。

社員になった報告は受けたが、ちゃんと話を聞いていなかった。

「だって、子供産むとか考えたら、いくらお金あっても足りないもん。今までは貯金って言っても、旅行するお金くらいで良かったけど、それこそ何十年先の老後のこととか考えないといけないから。結城君の家は、貴志くんの家みたいにお金持ちじゃないし」

「そっか」

「ごめん、嫌な言い方だった」

「そんなことないよ」

貴志くんの実家は上野毛にある。八幡山から環八をまっすぐに進み、千歳船橋を通り越して、更に進んだ先だ。一度だけ行って、ご両親にあいさつをした。二人とも穏やかに笑っていて、息子が恋人に暴力を振るっているなんて想像もできないような顔をしていた。お母さんは貴志くんがかわいくてしょうがないみたいで、この子はわがままだからとかぼうっとしているからとか、何度も言っていた。わたしの実家が二軒は入りそうな、大きな家だった。リビングには、アンティーク風ではなくて、本物のアンティーク家具が並んでいた。一人っ子の貴志くんは、二階の二部屋を使っていた。その部屋は、大学生の頃のまま残っている。

「なんか疲れちゃって」亜実ちゃんが言う。「引っ越して、社員になって、結婚って、一気に環境変わりすぎだよね」

「社員になっても、お店変わらないの？」

「うん。しばらくは新宿にいる」

「良かった」

貴志くんも辞めていいと言っているし、亜実ちゃんが他の店舗に異動になったら、バイトを辞めるかもしれない。生活はできるし、何に対しても気力が湧かなくなってきている。しかし、一日中家にいてもやることがない。今はバイトの帰りに買い物に行ったりできるけど、辞めたら、貴志くんが納得する出かける理由を考えないといけなくなる。

「絵梨は？　貴志くんと結婚しないの？」

「どうかな？　するとしても、まだ先になるんじゃないかな」サンドイッチを大きく一口食べる。

「だって、二年経つでしょ？　もうそろそろじゃない？」

「うーん」口の中がいっぱいだから話せないという顔をして、返事を曖昧にする。

一緒に暮らしはじめた頃は、貴志くんと結婚したいと思っていた。

わたしも貴志くんもそのつもりで、将来どうするかを何度も相談した。書斎に使っている部屋を子供部屋にできるから、結婚した後も今のマンションで暮らせる。子供が大きくなって一軒家を買う時には、貴志くんの実家がお金を出してくれるという話だ。わたしの両親に会いに、貴志くんは藤野まで来てくれたこともある。姪《めい》っ子が来ていて、一緒に遊んでいた。その姿を見て、父も母も姉も、絵梨を預けて大丈夫と安心したようだ。

今でもたまに貴志くんは、将来の話をする。この前は、子供が小さいうちは東京を離れて暮らしたいと言っていた。

暴力を振るわない時の貴志くんは、よく笑う。遅くならずに帰ってきて、プレゼントをマメにくれて、浮気は絶対にしない。みんなに話すと、羨《うらや》ましいと言われる。結婚したら幸せになれるという幻想を抱いてしまう時はある。

しかし、結婚しても、暴力は終わらない。

二年も一緒に暮らしているのに、彼がどうして暴力を振るうのかわからない。

仕事があり、金銭面での苦労は一切ない。突然倒産するような会社ではないし、もしリストラされても困らない資格も持っている。育ちも、学歴も、コンプレックスはない。見た目はいいってほどではないけど、笑っている顔には育ちの良さが現れている。結城君みたいに会社で仲良くしている人もいるし、学生の時の友達ともたまに飲みに行く。フットサルや草野球に参加しているから、運動も苦手ではないのだろう。

暴力を我慢できない理由は何かあるはずだと考えても、何もない。でも、何もないから我慢できないのかもしれない。うまくいかなかったことが一度もないから、いつまでも弱いままだ。

貴志くんは子供が好きだからそんなことしないだろうけど、子供に暴力を振るったらと思うと、怖い。

「携帯、鳴ってるよ」亜実ちゃんがわたしの手提げカバンを指差す。

「本当だ」携帯を出す。登録していない番号だった。「はい、もしもし」

「絵梨ちゃん？　結城です。亜実って近くにいる？」

「あっ、はい。ちょっと待ってください」携帯を亜実ちゃんに渡す。

亜実ちゃんが結城君と話している間に、サンドイッチとサラダを食べ終える。アイスミルクティーを飲み干す。

「ありがとう」亜実ちゃんは電話を切る。「私、携帯忘れちゃって。店にかけたけど、いなかったから絵梨にかけたんだって」

携帯を返してもらう。後で、着信履歴を消さないといけない。前は結城君の番号を登録していたが、貴志くんに言われて、男の人の連絡先は全部消した。

「そろそろ、戻ろうか？」

「うん、ちょっと待って」

亜実ちゃんがアイスコーヒーを飲むのを待ち、席を立つ。

ラグの在庫確認に行ったら、また新しい荷物が届いたらしく、倉庫の前にダンボール箱が並んでいた。箱の中を確認して、倉庫に入れる。脚立《きゃたつ》を出し、軽いクッションを棚の上に並べる。

「絵梨」ミクちゃんが倉庫に入ってくる。

「どうしたの？」

「ラウンドクッションのピンクのSサイズって在庫ある？」

「えっとね、そっちの廊下に出てる箱に入ってる」脚立から下りて、廊下に出る。

クッションが入っている箱からピンクを探し、ミクちゃんに渡す。

「ありがとう」

「一個で大丈夫？」

「これ、見本で出していいやつかな？」

「わかんない。亜実ちゃんに聞いて」

「絵梨は、もう社員目指さないの？」ミクちゃんはクッションを抱きしめる。

「目指さないよ。なんで？」

　貴志くんと結婚するかどうかわからないけど、別れるのは無理だ。付き合っている間はこれ以上働けないから、登用試験は受けられない。店長も、わたしを社員候補として、考えていないだろう。

「わたしが働きはじめた頃は、絵梨、仕事大好きだったじゃん」

「そうだっけ？」

　ミクちゃんが働きはじめたのは二年前だから、貴志くんと付き合いはじめたのと同じ頃だ。あの頃は、恋人ができて、店の家具を買えて、人生が輝いていくのが見える気がしていた。貴志くんに頼るだけじゃなくて、二人の将来のために、お金を貯めようとも考えていた。恋愛が充実するのと同時に、仕事に対する意欲も湧いた。でも、あれは恋愛の初期症状で、今は違う安心感がある。貴志くんのことだけを考えていればいい。

「亜実より仕事できたしさ」

「だって、あの頃は亜実ちゃんも仕事はじめて一年くらいしか経ってなかったでしょ」

「そうだけど」

　バイトを二年もやっていればベテランだ。ミクちゃんが働きはじめた頃は、わたしが新人の教育係をやって、店のレイアウトや商品の発注について店長に相談を受けていた。いつの間にか、何も仕事を任されなくなった。事務関係は亜実ちゃんの方が得意だ。レイアウトはミクちゃんの方がセンスがある。わたしに任されても残業できないし、できる人がやった方がいい。

「売り場に戻らなくていいの？」わたしが聞く。

「このクッション出したら、休憩に行くから」

倉庫に戻ったら、ミクちゃんもついてきた。中に入り、ドアを閉める。

「あっ、開けておいて」

「これ、どうしたの？」ミクちゃんはわたしのシャツを引っ張る。

身体をひねり、引っ張られたところを見てしまった。縦も横も十センチくらいある大きな赤い痣ができていた。真ん中は黒に近い。

さっき、脚立に上がっていた時に、見えたのだろう。荷物に集中して、忘れていた。

「ぶつけたの」シャツを引っ張り返して、ミクちゃんの手をはなす。

「こんなところ、ぶつけないよね？」

「ぶつけるよ。店で、ラグを出す時に後ろの棚にぶつかったことがあったから、その時にできたんじゃないかな」

「暴力振るわれてるんでしょ？」

「何、言ってんの？」声が上擦《うわず》る。

「貴志くんに殴られたり、蹴られたりしてるんじゃないの？」

「貴志くんがそんなことできるわけないじゃん。ミクちゃんだって、何度も会ったことあるでしょ」

わたしが土曜日や日曜日にシフトが入っていると、貴志くんは店に様子を見にくる。近くまで買い物に来たからと言い、店の中を一周して帰っていく。休憩で外に出ていてわたしがいなかった時に来たことがあり、バイトだって嘘をついたと思われた。マンションに帰って玄関で靴を揃えていたら、後ろから蹴り飛ばされた。

「だったら、どうして痣になってるの？」

「だから、ぶつけたんだよ」

「ぶつけたくらいじゃ、こんな痣にならないでしょ」

「何度かぶつけたからじゃないかな。レジとか裏の事務室とかで。何か落ちてきたこともあったかも」

「何が落ちてきたの？」

「なんだったかな」目を逸らしても、ミクちゃんの大きな目が追ってくる。倉庫の奥に追い詰められる。

「嘘つかないで。正直に話して」

「どうして？　どうして、ミクちゃんに正直に話さないといけないの？」

「ずっと、そのままでいるの？　誰にも言わないで、貴志くんと結婚して、そのまま暴力振るわれつづけるの？」

「ミクちゃんには関係ないじゃん」

「関係ないけど、絵梨はどうせ亜実には言わないでしょ。他の友達にも言えない。関係がないから、わたしに話しなさい」

意味がわからないけど、正しい気がした。

たとえ、殺されそうになっても、亜実ちゃんには言わない。学生の時の友達には会っていない。飲み会には男の子が来ることもあるから、貴志くんに行かないでと言われた。もし女の子だけで会うことがあったら、わたしは結婚も間近で幸せと話すだろう。

「亜実ちゃんにも話さないけど、ミクちゃんにも話したくない」

「ああ、そう。でも、話せないようなことがあるってことだ？」

「ないよ、何もない。貴志くんは誰よりも大切にしてくれるから」

「骨が折れたりはしてないの？」

ミクちゃんに聞かれ、思わずうなずいていた。

「表面的な怪我《けが》だけじゃ済まない場合もあるんだよ」

「わかってる」

殺されるかもしれないと思ったことは何度もある。貴志くんは考えて暴力を振るっているけど、エスカレートしたら止められなくなる。最初は一発殴られただけで驚いていたのに、今は何発も蹴られるのが普通になっている。感覚は歪《ゆが》んでいき、どこまでやっていいかが変わっていく。

「別れなよ」

「無理。一人じゃ暮らせないもの」

「そんなことないでしょ」

「引っ越すお金ないし」

好きなものを買っていいと言われ、貴志くんのお金を使っているうちにわたしの金銭感覚も狂った。

洋服やアクセサリーを買い、高いランチを食べて、貯金を使い切った。週四日しか働いていなくて時間も短いから、給料は月に十万円にもならない。貴志くんがいない隙に逃げようと思ったことも前はあったが、逃げるお金がなかった。

「藤野の実家に帰れば」

「絶対、嫌」

地元が嫌いなわけじゃない。姉や姪っ子と相模湖に行って、しばらくのんびり過ごしたい。けど、都心のマンションの暮らしに慣れてしまったら、もう戻れない。

「うち、来る？」ミクちゃんの話し方が優しくなる。

心配してくれるのはわかるが、余計なお世話だ。

「阿佐ヶ谷でしょ。嫌だよ」

「阿佐ヶ谷の何が悪いの？」

「中央線だし、杉並区《すぎなみ》じゃん」

ミクちゃんは中央線の阿佐ヶ谷に住んでいる。ミュージシャンや役者志望の人が多く住む町だ。

藤野に住んでいる頃、阿佐ヶ谷や高円寺に住んでいる人やその辺りにある劇場やライブハウスに行く人が中央線の中で、バイトがどうという話をよくしていた。わたしより年上に見える人が多くいた。服装も会話も貧乏くさい。前は気にならなかったし、そんなことを思いもしなかった。わたしも阿佐ヶ谷や高円寺のアパートに住みたいと思っていたのに、今はその中に入りたくない。

「八幡山とそんなに変わらないじゃん」

「変わるよ」

阿佐ヶ谷の一駅隣の荻窪に環八が通っている。八幡山から南に行くと千歳船橋で、北に行くと荻窪に着く。荻窪も車で十五分くらいで行けるから、阿佐ヶ谷は遠くない。でも、近いとは言いたくない。

貴志くんから逃げて、生活レベルを保つためには、月にいくら必要になるんだろう。社員になれたとしても、手取りで月に二十万円も稼げない。世田谷《せたがや》区のマンションの家賃を払って、光熱費を払って、携帯電話代を払う。食費もかかる。好きなものを好きなだけ買えなくなる。節約生活なんかしたくないし、できない。狂ってしまった金銭感覚をどうしたら戻せるのだろう。上野毛の貴志くんの実家を見た後では、藤野の家が恥ずかしい場所にしか思えなかった。

倉庫のドアをノックする音が聞こえて、わたしもミクちゃんもドアの方を見る。

「ミク、いる?」ドアが開き、亜実ちゃんが顔を出す。

「何、戻った方がいい?」ミクちゃんは亜実ちゃんの方へ行く。

「大丈夫。休憩、行ったのかなって思って」

「これ、置いたら行く」二人とも倉庫から出ていく。

音を立てて、ドアが閉まる。

一人になったら、叫びたいような、泣きたいような気持ちがまた湧いてきた。

八幡山の駅前にあるスーパーで買い物をしてマンションに帰り、玄関のドアを開けた瞬間、寒気がした。

朝出た時と何も変わっていないのに、知らない部屋に見えた。

花柄や北欧ブランド風の雑貨、デザイン性重視の何年も使えない家具が並ぶ。壊れたものの欠片《かけら》で怪我しないように、毎日掃除しているから、髪の毛一本落ちていない。寝室に入り、ウォークインクローゼットを開けると、服やバッグがびっしり並んでいる。古いものは捨て、新しく買ったものばかりだ。ドラマのセットや、雑誌で紹介される部屋みたいだ。二年も住んでいるのに、生活感がない。

書斎は貴志くんが仕事もする部屋だから、わたしは入らないようにしている。でも、鍵はかかっていない。今まで一度も開けたことがない書斎のドアを開ける。

付き合う前に買ったものだから、本棚も机も黒い。わたしが嫌いなメタルラックもある。本棚には小説や漫画が並び、メタルラックにはパソコン関係の雑誌が積まれている。机の上にはデスクトップパソコンが置いてある。奥の洋服ダンスを開ける。スーツやシャツやジャケットが並んでいる。二十代後半男性の普通の部屋だ。

わたしを殴る蹴るした後、ここで何をしていたのかが見えない。何か、貴志くんのことがわかるものがあると思ったのに、何もない。

何もなくて、この部屋は変だ。


書斎の前に座りこんでぼうっとしていたら、貴志くんが帰ってきた。

「ただいま」

「おかえりなさい」何時間経ったのか、窓の外は真っ暗になっている。

家中が暗い。

「どうしたの? 電気もつけないで」貴志くんは玄関の電気をつけ、ダイニングの電気もつける。

「えっと」

「書斎、入った?」

ドアを開けたままだった。

「ごめんなさい。あの、冬のコート、もう必要ないからクリーニング出そうと思って。貴志くんが帰ってくるの待とうと思ったんだけど、クリーニング屋さんの割引が今日までだから。別に、お金がどうってことじゃなくてね。その、だから」

「で、クリーニング屋さんに行ったの？」

嘘は簡単にばれるし、書斎に入ったことも怒ると思ったのに、貴志くんは笑っている。

「どこにあるかわからなくて、それで、なんか、疲れてるのかな。ぼうっとしちゃって。ごめんね、夕ごはんすぐ作るから」

立ち上がり、台所に行く。買ってきたものを置いたままだった。貴志くんの好きなアイスクリームが溶けている。時計を見たら、九時近くになっていた。

「いいよ。疲れてるなら、外に行く？」

「ううん、材料買ってきちゃったし。すぐできるから」ミートローフを作るつもりだったけど、ハンバーグにする。オーブンで温める時間がない。

書斎で着替え、貴志くんは寝室に行く。眠る時以外、寝室に入ることはない。何をしているのだろう。玉ねぎのみじん切りをしながら、耳を澄《す》ませる。何か探しているのか、微かに物音が聞こえる。

「これ、誰？　どういうこと？」

寝室から出てきた貴志くんは、台所に入ってきて、わたしの横に立つ。手にはわたしの携帯電話を持っている。

結城君からの着信を消し忘れていた。

「結城君。亜実ちゃんが携帯忘れて、それでわたしにかけてきたの」なるべく落ち着いて説明する。

「なんで？」

「だから、亜実ちゃんが携帯忘れたから」

「結城と話したの？」

「うん。でも、少しだけだよ」みじん切りしている手を止めて、包丁を置く。

「出なきゃいいじゃん」

「知らない番号だったから、つい」

「結城と何を話した？」

「亜実ちゃんに替わってって、それだけ」

「余計なこと、言ってないよな？」

「言わないよ」

あの番号にかけて結城君に全部を話したら、どうなるんだろう。会社にばれたら、貴志くんの立場はどうなるんだろう。

何を言われても、何をされても、愛しているから我慢した。誰よりも愛されているという自信があった。彼にはわたしが必要で、わたしには彼が必要だと思いこんだ。

朝までは確かにあったはずの愛情が、今はない。

わたしは彼のどこを愛していて、どうして彼に愛されていると思いこんだのだろう。気持ちが急激に冷めていき、怯える気持ちもなくなる。

「なんだよ、その目つき！　何か言いたいことでもあんのか？」

貴志くんは携帯電話をわたしに向かって投げつける。肩に当たり、床に落ちた。

「別れたい」口から出た言葉に楽になっていくのを感じた。

もっと早くに、こうすればよかった。

「やっぱり、結城に何か言われたのか？」

「結城君とは本当に話してないよ！」

「じゃあ、誰に何を言われた？」

髪の毛を摑《つか》まれる。抜けそうなくらい強く引っ張られる。

「誰にも何も言われてない」ミクちゃんに言われたが、それはきっかけでしかない。わたしの心の奥底にそういう気持ちがずっとあったんだ。「自分で決めたの！　別れたいの！」

貴志くんとはもう暮らせない！」

「ここを出て、どこに行くんだよ！」

髪を摑んだまま、冷蔵庫に頭を打ちつけられる。いつもみたいに力の加減をしていない。頭にも顔にも、誰が見てもわかる痕が残るだろう。痛くても、我慢するしかない。ただ逃げても、逃げきれない。誰が見ても無視できない痕が必要だ。

「藤野に帰る」

「家族にどう説明すんだよ？　二年間、暴力振るわれていたって言えるのかよ！」

「言うよ！　っていうかさ、全部計算してんでしょ？　わたしが逃げられないように、帰れないように、お父さんやお母さんに気に入られて、わたしが欲しいものを買い与えて、計算なんでしょ！」

「なんで、そんな風に言うんだよ」手をはなして座りこみ、貴志くんは泣きそうな顔をする。

そんな顔をしても、騙《だま》されない。怒っているのも、泣いて謝ったのも、笑っているのも、計算だ。わたしをコントロールして、閉じこめようとしている。そこまでしてわたしと一緒にいたいんだと思ってしまっていたが、もう限界だ。

「出ていくから」

立ち上がったわたしの足を貴志くんは引っ張る。抗《あらが》えないくらい強く引かれ、倒れた上に乗られた。顔を何発も叩かれる。全身が痛み、血が流れている感触がある。

貴志くんは立ち上がって流しの下を開け、フライパンを出す。重さを確認しているのか、テニスラケットのように振る。殺す気はないようだ。喋れないくらいわたしを叩きのめした後で、動けなくなるまで蹴り飛ばす気だろう。彼がどうしてここまでするのか、理解できないし、理解したくない。

わたしの背中に当たるように、貴志くんはフライパンを振り上げる。黒く焦げた裏面が見えて、ここにも生活があったんだと、安堵《あんど》した。

殴られるより前に、貴志くんの脛《すね》を蹴り飛ばす。

「ふざけんなよっ！」しゃがみこみ、フライパンを落とす。

その間に、わたしは立ち上がり、包丁を取る。

「近寄らないで！」立ち上がろうとする貴志くんに包丁を向ける。間違っても、刺したりしない。

牽制《けんせい》するために大きな声を出したけど、頭の中は冷静だった。

きっと、わたしに暴力を振るっている時の貴志くんはこういう気持ちだったんだ。

台所を出て玄関に走る。

身体中痛いのに、こんなに速く動けるんだと、ビックリした。靴を履いていられなくて、サンダルをつっかける。包丁を下駄箱に置き、マンションの廊下に出る。

閉じたドアの向こうで、何かが割れる音が聞こえた。

花柄のマグカップだという気がした。

外までは追ってこないと思ったが、そのまま走った。

どこまでも走れる気がした。

環状八号線に出る。赤いテールランプと白いヘッドライトがどこまでもつづいている。立ち止まったら、足が震えた。両手で膝《ひざ》を押さえ、呼吸を整える。何も持たずに出てきたから、今日中に藤野には帰れない。南に行けば亜実ちゃんの家に着く。北に行けばミクちゃんの家に着く。

ミクちゃんの家に行こう。阿佐ヶ谷のアパートで、ゆっくり眠らせてもらおう。

そして、助けてと正直に言うんだ。

千歳船橋

ちとせふなばし

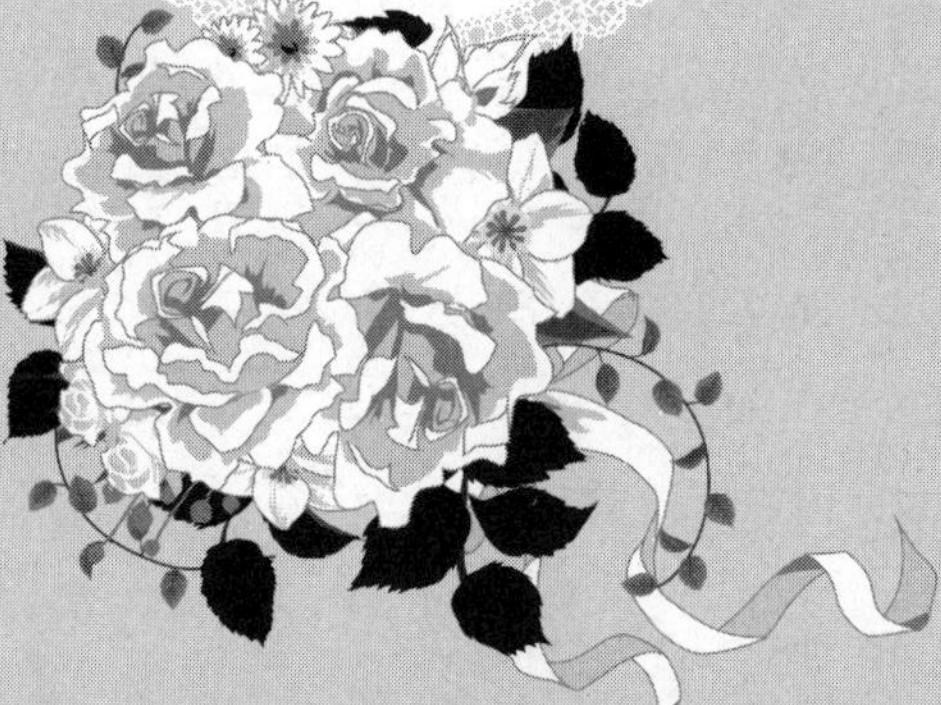

小田急線の千歳船橋の南側は、地名に千歳も船橋も付かないで、桜丘《さくらがおか》という。中学校や東京農業大学の前から世田谷通りに出るバスが走る通りや、図書館と児童館が入った区民センターから公園につづく道に桜並木がある。

引っ越してきたばかりで、地名の由来も町がどうやってできていったのかも知らないけれど、もともと桜がたくさんあって桜丘になったという感じではない。南に向かって緩やかな登り坂になっているが、丘というほどでもない。区民センターの辺りはレンガ敷きになっているから、周りのマンションを建てた時に道を舗装して、桜も植えたのだろう。

バスの一人掛けの席に座り、窓の外の桜並木を眺める。

満開の桜の木から花びらが舞い落ちていく。

千歳船橋から渋谷行のバスに乗り、世田谷通りを三軒茶屋《さんげんぢゃや》方面へ行った先に世田谷区役所がある。電車でも行けるが、小田急線で豪徳寺《ごうとくじ》まで行って、山下《やました》で世田谷線に乗り換えが必要になる。山下の駅は豪徳寺の駅のすぐ近くにあるのだけれど、駅名が変わる。バスで行った方が楽そうだからバスにした。

行く時は、和也《かずや》と一緒だった。

和也は今日は午前中だけ仕事の休みをとった。一人で行けると言ったのだけれど、一緒に来てくれた。

二人で区役所に行き、婚姻届を出した。

大学を卒業してフリーターになったばかりの頃、高層マンションのモデルルームの受付をやっていた時に和也と知り合った。和也は不動産会社に勤めていて、たまに様子を見にきた。知り合って四年、付き合って三年、一緒に暮らして二年が経つ。今日は付き合いはじめた記念日だ。

誕生日が来たら私は二十七歳になり、和也は三十歳になる。先月までは、もともと和也が住んでいた代々木のマンションに二人で暮らしていたが、結婚生活を送る場所には不向きに思えて、世田谷区の千歳船橋に引っ越してきた。子供が生まれてからのことを考えて、広い公園と小学校が近くにあるマンションを選んだ。保育園の待機児童の多さが気になったけれど、仕事を辞めて専業主婦になってもいい。駅前にはスーパーやドラッグストアがあり、生活する場としても便利だ。

私はずっとフリーターだったが、バイトしていた新宿のデパートのインテリアショップで今月から社員になった。和也が勤める不動産会社は銀座にある。新宿まで歩いていけた代々木に比べたら遠くなったけれど、通勤が大変というほどではない。

結婚式は、九月にハワイで挙げる。日本で挙げると、誰を呼ぶか呼ばないか考えないといけなくなり、遠くに住む親戚のことも考えたり、面倒くさいことが多い。身内だけで済ませられる楽さもあるし、海外ウェディングは憧れだった。ハワイってダサいとも思ったけれど、バリ島とかに両親を呼んでも楽しめないかもしれない。ビーチで遊ばなくても、ハワイならば買い物する場所もたくさんある。ガラス張りになっているチャペルの向こうに海が見える人気の教会を予約できたから、これ以上の場所はないと今は思えている。

結婚する時期も、新婚生活も、結婚式も、完璧で理想通りだ。

将来のことや子供を産むことを考えると、もう少しお金がほしいとは思うが、私も社員になったし、和也の給料はいずれ上がる。会社の組織がどういうものかよく知らないけれど、和也は幹部候補というやつで、これからどんどん出世していくらしい。

婚姻届を出した瞬間は、あっさりと受理されてこんなものかなと感じつつも、嬉しいという気持ちがこみ上げてきた。

走るのは嫌いだからマラソンなんてやらないが、ゴールテープを切った時の気持ちに近いんじゃないかと思った。法律的に和也と夫婦になれたことに安心して、ガッツポーズしたいくらいだった。

それなのに、今は胸の中に不安しかない。

不安に思うことなんて一つもないはずなのに、桜の花びらが地面に積もるように、私の胸の中にも静かに不安の欠片《かけら》が積もっていく。具体的に何が心配とか、何に困っているとかいうことはなくて、ただ不安としか言いようがない。

区役所を出て、会社に行く和也とバス停で別れた。和也の乗る渋谷方面に行くバスが先に来て、手を振って見送った。バスが見えなくなると、緊張していた気持ちが切れたのか、ほっとした。その後から不安が積もりはじめ、大きな塊になって胸を圧迫している。

小さなけんかはたまにしても、別れようと考えるほど大きなけんかをしたことはない。既《すで》に妊娠しているわけでもないから、子供を産むのはまだまだ先だ。和也は優しいし、真面目に仕事をしている。仕事で帰りが遅くなることはあっても、付き合い以外で飲み歩いたり、女の人がいるお店に行ったりはしない。恋人としても夫としても、理想的な人だ。夫婦になったからって、昨日までと何が変わるわけでもない。でも、何も問題ないと言い聞かせても、不安はおさまらない。

車に酔うことなんてないのに、気持ち悪くなってきた。

「次は、桜丘住宅」バスのアナウンスが入る。

マンションは、桜丘五丁目が一番近い。あと三つ先だ。五分くらいで着くからがまんできると思ったが、吐きそうだった。ここで降りても、歩けない距離ではない。降車ボタンを押す。

桜丘住宅に着き、バスを降りる。

大きく息を吸いこむ。

花曇《はなぐも》りというのか、四月になってからくもりの日がつづいている。冷たい空気が身体を満たし、酸素が回っていく。少し楽になった。気持ち悪いのもおさまった。

自転車が前から走ってきたから、歩道の端によける。

すれ違って五メートルくらい進んだ先で、自転車が停まる。

ブレーキの音に振り返ると、乗っていた男の人も振り返った。

「亜実？　木村《きむら》亜実だよな？」

「……川島《かわしま》君？」

高校の同級生だった川島佑樹《ゆうき》だ。

「うわっ！　何してんの？　久しぶり！」川島君は自転車に乗ったまま、私の前まで戻ってくる。

「近所に住んでて、今、帰るところ」

「マジで？　俺もこの近くだよ。って言っても、祖師ケ谷だけど。環八渡った先」

「そうなんだ」

　私と和也が住むマンションは環状八号線の近くだ。環八を渡って少し先まで行くと、一駅先の祖師ヶ谷大蔵《そしがやおおくら》の方が近くなる。

「すっげえ、久しぶりだな。高校卒業以来？」

「そうだね」

　平日の昼間に何してるの？　と、聞きたいが、お互い様だろう。土日働く仕事ならば、平日休みの場合もある。川島君はＴＳＵＴＡＹＡに行くようだ。自転車のカゴに黒いレンタルバッグが入っている。まっすぐに行き、世田谷通りを渡ったところに大きなＴＳＵＴＡＹＡがある。

「昼メシ食った？」

「食べてない」

「これから食いにいかない？」

「ごめん。……ちょっと予定が入っていて」

　予定は何もないが、川島君とはごはんに行きたくない。私と川島君は、ちょうど十年前の今頃、高校二年生になる前の春休みから一ヶ月半だけ付き合っていた。婚姻届を出した後に、元彼とランチなんて行けるはずがない。

「そっか。じゃあ、連絡先教えてよ」

「えっ？」

「電話番号でいいや。今度、飲みに行こう」

「ああ、うん」断る理由を見つけられず、番号を教える。どうせかかってこないだろう。

「それ、俺の番号な」

バッグの中で携帯が鳴る。

「うん」携帯を出して、確認する。一応、登録しておく。

「またな。電話するから」

川島君は手を振りながら走り去っていく。

桜吹雪の中に消えた。

夕ごはんは、ちらし寿司と鶏の唐揚げにした。あと、シーザーサラダも作った。

記念日だから、和也の会社がある銀座に行ってごはんを食べることも考えた。でも、これからは今までみたいに外食はしないと決めたばかりだ。

引っ越してきた時に、今後はお金の管理もちゃんとして、いずれは家を買おうと約束した。節約しすぎると辛くなるから、たまに贅沢《ぜいたく》しても、財布のひもは締めていく。

代々木に住んでいた頃は、近所にカフェやバーがたくさんあり、渋谷や新宿に歩いていけたから外食ばかりだった。引っ越してきてからも、先月は和也が担当しているショッピングセンターのオープン前で帰りが遅い日が多くて、家でごはんを食べることは少なかった。家で食べても、お茶漬けとか卵を入れたうどんとか、簡単なもので良かった。

料理は、あまり得意ではない。

記念日っぽいものを作ろうと思ったら、子供のお誕生日会みたいになってしまった。

ダイニングテーブルに並ぶ料理を見て、自分で作ったくせにがっかりしてしまう。ちらし寿司は混ぜるだけの素《もと》を使った。唐揚げは鶏肉に下味をつけて、がんばって揚げてみたが、おいしそうじゃない。衣が剝がれそうになっている。シーザーサラダはレタスを千切ってドレッシングをかけただけだ。

人気の料理研究家が出している本を参考にして作ったのに、どうしてこうなってしまったのだろう。写真では、お誕生日会みたいなメニューも華やかでおいしそうだ。型抜きを買ってきて、本のマネをしてニンジンを桜の花の形にしてみたら、余計にお誕生日会っぽくなった。お吸い物でも足せばいいのかもしれないと思ったが、そうしたら今度は雛祭《ひなまつ》りっぽくなる気がする。

不安の正体はこれかもしれない。

料理以外に掃除や洗濯もあまり得意ではない。和也は全てわかって結婚を決めてくれたのだから大丈夫と思っても、これから四十年とか五十年とか、もしかしたらそれ以上に長い時間を一緒に過ごす。二年や三年ならば耐えられることも、いずれ耐えられなくなる。私の料理が原因で、夫婦で早死にする可能性だってある。

インテリアショップで一緒に働いている絵梨は、同棲していた彼氏のためにロールキャベツやカニクリームコロッケやハンバーグを作っていたらしい。簡単なものだと言っていたが、私はどれも作れない。

今からでも和也に電話して、外で食べることにした方がいいかもしれない。六時を過ぎたところだ。今日は定時で帰れるようにしてもらうと言っていたから、そろそろ会社を出る頃だろう。あと一時間もしないうちに帰ってくる。これからメニューを考え直し、作り直すことはできない。決断するならば、今だ。

エプロンのポケットに入れていた携帯が鳴る。和也かと思ったら、川島君だった。

「はい。もしもし」

「もしもし、木村?」

「あのさ、私……」

もう木村じゃないんだけど。と、つづけようかと思ったが、言えなかった。和也の苗字は結城という。今日から私も結城になった。川島佑樹に結城になったと言うのは、ボケているみたいだ。そして、こんなところで、苗字が変わったことを実感したくなかった。

「何？」

「なんでもない」

「ああ、そう。いつあいてる？」

「ごめん、ちょっと忙しくて、予定わかんないんだよ」

あいていると言えば、仕事が遅番の日以外はあいている。でも、早く帰れる日は夕ごはんを作らないといけない。相手が男でも、友達と遊びにいったらいけないなんて、和也は言わない。元彼と言ったら、嫌な顔をするかもしれないけれど、ダメとは言わないだろう。ごはんを作っていなくて、文句を言われることもない。しかし、いつまでもそれに甘えていたらいけない。ちゃんとごはんを作れるようになるべきだ。

「いつになったらわかる？」

「わかったら、また私から連絡する」

「じゃあ、待ってる」

「うん」

「高校の友達って、誰か会ってる？」

卒業して、大学生になったばかりの頃はたまに会っていた。仲が良かったグループで月に一回は会おうと約束した。月に一回が三ヶ月に一回になり、半年に一回になり、一年に一回になり、会わなくなった。

「俺、部活一緒だった奴らとかたまに会ってるからみんなで会おうよ。同窓会的に。他の奴らにも連絡しておくから、木村も予定がわかったら連絡ちょうだい」

二人で会おうということではないようだ。

川島君にとって私と付き合っていたのは、遠い過去のことで、同級生の一人でしかなくなっている。私は結婚しているし、川島君にも奥さんや彼女がいるだろう。元彼とか意識せずに、同級生として会えばいい。

「部活って、サッカー部でしょ？　サッカー部の男子なんて、私よく知らないよ」意識しないでいいと思ったら、話すのが楽になった。

「そこ中心で適当に女子も集めるから。木村も連絡とれる女子がいたら、呼んでよ」

「うん」

「そしたら横浜で飲むことになるのか」

「町田《まちだ》でいいんじゃない？」

「ううん」

高校へは横浜線の中山《なかやま》からバスで通っていた。遊びにいくのは横浜か町田だった。

「そうだな。町田なら小田急で行けるから、俺達も帰り楽だし」

「そうしよう」

「じゃあ、また連絡する」

「じゃあね」電話を切る。

メールが一通届いていた。和也からだ。〈今、駅〉と、書いてある。

どこの駅と書いていないから、千歳船橋に着いたということだろう。受信したのは、三分前だった。川島君の電話に出たのと同時くらいに受信していたようだ。駅からマンションまでは十分かからない。もうすぐ帰ってくる。

テーブルの上のものを全て捨ててしまいたい。

ちらし寿司の表面が乾き、お米が艶《つや》を失っている。唐揚げは冷めて、シーザーサラダはレタスから水が出てべちゃべちゃになっている。でも、これを捨ててしまったら、何もなくなる。冷蔵庫には、お土産《みやげ》でもらった野沢菜の漬け物しか入っていない。

「ただいま」

ドアが開き、和也が帰ってくる。

「おかえり。早かったね」玄関に迎えに出る。

「うん。少し早めに帰らせてもらった」靴を脱いで家に上がり、ダイニングの方へ行く。

「ごはんね、ちょっと失敗しちゃって」

ダイニングテーブルの前で立ち止まった和也の隣に立つ。

「失敗じゃなくて、これが実力じゃん」衣が剝げている唐揚げを指差して、笑う。

「そんなことないよ」

「だって、がんばってこれでしょ?」今度は私のエプロンを見て、笑う。

赤いエプロンのお腹の辺りが、唐揚げの粉で白くなっている。

「実力です」

「大丈夫。そんなに期待してないから」

「今度、坂本《さかもと》さんの奥さんに教えてもらおうかな」

坂本さんは和也の上司で、二子玉川に住んでいる。マンションの部屋から花火が見えて、去年の夏に招待してもらった。奥さんが作るごはんがどれもおいしくて、見た目も良かった。

「いいよ、いいよ。亜実はなんでも器用にできるように見えて、なんにもできないってわかってるから」

「なんにもできないわけじゃないよ」

「じゃあ、何ができるの？」

「うーん」

「俺もなるべく料理するし、掃除や洗濯も亜実一人でやらなくていいから」そう言って、和也は私の頭をなでる。

モデルルームで最初に会った時、和也の顔がタイプだと思った。かっこいいというわけではないけれど、優しそうな顔をしている。笑うと、クシャッと崩れる。

向こうは社員で私は受付のアルバイトで、話せる機会はほとんどなかった。和也はたまに来るだけだから、会えるのも月に一回か二回だけだ。もう一人の受付のアルバイトが休んで、私一人で片づけをすることになり遅くなった時に、和也が手伝ってくれた。駅まで二人で歩いて帰った。

それからメールをするようになって、電話で話し、二人でごはんを食べにいき、休みの日に会うようになった。こうなるって決まっていたんだと思えるくらい、話は順調に進んでいった。三年前の今日、代々木公園にお花見に行った。その後で初めて和也のマンションに行き、付き合うことになった。その頃、私は横浜市の菊名《きくな》にある実家に住んでいた。家族以外と暮らしたことはない。それなのに、付き合って一年が経って、一緒に暮らすことを決めた時もスムーズだった。実家を出る前に和也は実家まであいさつに来て、結婚を考えていると言ってくれた。

横浜の人間は、見栄っ張りが多い。

日本で一番人口が多い都市であり、商業都市としても観光都市としても、どこにも負けないというプライドがある。本当はすぐ近くの東京には劣《おと》るという意識があるから、余計にプライドを誇示する。私も見栄っ張りで、なんでもできるように見せたいと思ってしまう。和也の前では、そんなことをする必要はないと最初から感じられた。

「今週末、大阪に出張になった」和也は寝室に行き、スーツからTシャツとスウェットのパンツに着替える。

「泊まり?」

「うん、一泊。結婚して最初の週末なのに、ごめん」

「いいよ。私も仕事だから」

ダイニングに出てきて、和也は唐揚げを食べる。

「おいしいじゃん」

「本当に?」

「うん」笑顔でうなずいてくれる。

この笑顔を見ると、安心する。いつもだったら、大丈夫と思える。

それなのに、不安が消えない。

ちらし寿司も唐揚げもシーザーサラダも和也はおいしそうに食べてくれた。市販のちらし寿司の素やドレッシングを使ったのだから、まずいわけがない。

和也は片づけをして、お茶を淹れてくれた。お茶を飲んだ後で寝室に行き、セックスをした。これからは子供ができてもいい。避妊するかどうか考え、子供はもう少し先にしようと決めた。私も社員になったばかりだし、結婚式は五ヶ月先だ。生活が落ち着いて、結婚式が終わってからまた考える。

セックスをするのは久しぶりだった。セックスレスというほどではないけれど、たましかしない。付き合いはじめた頃からそうだ。和也はもともと性欲が弱いのかもしれない。仕事が忙しくて、体力が残っていないというのもあるだろう。他に女がいて外で済ませているなんてことは、ありえない。私も毎日のようにしたいわけではないから気にならなかった。身体の相性がいいのか、一回だけでも満足できる。

眠った和也を見ながら、これからは他の人とセックスをすることはないんだと気がついた。

お昼ごはんは外に出るか、買ってきたパンやお弁当をデパートの三階にある休憩室で食べる。

新宿駅の周りはランチの値段が高い。前は、値段なんか気にしていないという顔をして、千二百円のランチセットを食べたりしていた。生活のためには見栄っ張りな性格も直さないといけない。

代々木に住んでいた頃は、結婚を考えていても、恋人同士であって夫婦ではないという意識が強かった。将来は、夢の中の出来事みたいにぼんやりとしか思い描けなかった。貯金もしていたが、海外旅行のためぐらいにしか考えていなかった。千歳船橋に引っ越すことが決まり、何十年も先まで使える家具を選んだりしているうちに、将来が見えるようになってきた。仕事を長くつづけるつもりはない。今はちゃんとお金を稼いで、貯金して、生活の基盤を作ったら、子供を産む。それからは子供中心に人生が進んでいくのだろう。

デパートの一階にあるカフェでパンを買う。その場でも食べられるけれど、コーヒーが一杯三百八十円する。休憩室に行けば、タダでお茶が飲める。

節約することは嫌ではない。「結婚したから」と言えば、お金に困っているとは思われない。今までみたいに無理をしなくて済むのは、気が楽だ。

それなのに、買ったパンを持って休憩室に向かいながら、また不安が積もっていくのを感じた。

休憩室に入ったら、絵梨が自分で作ったお弁当を食べて、隣に座るミクと話していた。うちの店だけではなくて、デパートの従業員全員が使う休憩室だ。六人掛けのテーブルが四つ並んでいる。どこに座ると決められているわけではないけれども、座る場所はなんとなく決まっている。入ってすぐのところにあるテーブルを、インテリアショップや同じフロアにある雑貨屋の店員が使う。

「お疲れさま」私に向かって、絵梨とミクが言う。

「お疲れさま」絵梨の正面に座る。

「パン買ってきたの？」ミクが聞いてくる。

絵梨は唐揚げを食べている。衣は剝がれていないし、時間が経ってもおいしそうだ。

「うん。ミク、遅番でしょ？」十五時出勤のはずだ。まだ十四時にもなっていない。

「絵梨と話したいことがあったから」

「そう」テーブルにパンを置いて席を立つ。入口横にある流しで、お茶を淹れる。

絵梨とミクは、先月から阿佐ヶ谷で一緒に住んでいる。もともとミクが一人で住んでいたワンルームアパートだ。六畳間しかなくて、ユニットバスだから二人で住むには狭い。

同棲していた彼氏に暴力を振るわれ、絵梨はミクの部屋に避難した。彼氏と住んでいた八幡山のマンションに絵梨の荷物がまだあり、それをどうするかミクが間に入って交渉している。荷物以前の問題として、彼氏は別れる気がないらしい。泣きながら「帰ってきてほしい」と頼んだりするらしくて、その姿を見ると絵梨は帰ろうとしてしまう。絵梨はしばらくミクの部屋にいて、落ち着いたら実家に帰るつもりだと話していた。さっさと帰ればいいのにいつまでも、彼のことが心配とか言っている。

暴力を振るう男といて、不幸でかわいそうな自分が好きなんだから放っておけばいいと思うが、ミクは絵梨を守ろうとしている。アパートに帰ってからいくらでも話せるのに、出勤時間より早く来たのは、また何かあったからだ。

ミクも二ヶ月前に彼氏と別れたばかりで暇なのだろう。二人で旅行に行ったりもしている。うちにある野沢菜は二人からもらった。

前は、私の方が絵梨ともミクとも仲が良かった。絵梨がミクのアパートに避難したと聞いた時は、驚いた。私のところに来ると思っていた。二人はアルバイトだから、社員になった私がいつまでも仲良くしていていいわけじゃないとわかっているが、疎外感《そがいかん》を覚える。

顔や身体に痣があり、絵梨が彼氏に暴力を振るわれていることは、前から気がついていた。彼氏の小山《こやま》さんを絵梨に紹介したのは私だ。小山さんは、和也と同じ会社の経理部に勤めている。和也と同期で仲がいい。一緒に食事をした時に「彼女がいない」と話していた。温和な人だし、育ちが良くて、女性に対するマナーを心得ている。絵梨は、借金があるとか浮気するとか、どうしようもない男と付き合ってきたのを知っていたから、小山さんと付き合うといいと思って紹介した。まさか、暴力を振るうとは思いもしなかった。

自分が結婚に向かっている時に、友達の不幸になんて関わっていられなくて、絵梨の痣は見て見ぬフリをした。和也には今も「別れ話をしてるみたい」としか話していない。不幸オーラを出して職場に迷惑をかける絵梨も、正義感丸出しで絵梨を守ろうとするミクも鬱陶しい。

でも、羨ましいとも感じている。

恋愛のことで大騒ぎすることも、この先ないのだろう。

テーブルにお茶を置き、椅子に座る。

「昨日、籍入れたんだよね？」絵梨が言う。

「うん」

「おめでとう」

「ありがとう」

「良かったね」ミクが言う。

「今までと何も変わらないけどね」

二人とも本気で祝福してくれているとわかっているが、気まずい。彼氏と別れたばかりの二人に言われるのが気まずいのではなくて、喜べないことが気まずい。

出勤して、他の社員やアルバイトに「おめでとう」と言われた時は、「ありがとうございます」と、何も考えずに応えていた。あいさつや朝礼の流れの社交辞令みたいなものだ。絵梨とミクは友達だから、社交辞令とは違う。

正直に、「不安がある」と相談すればいい。友達なのだから。しかし、友達だからこそ正直には言えない。

ミクは、彼氏と同棲する部屋を探している時に別れた。彼氏もフリーターで、生活は不安定でも結婚を考えていた。絵梨は暴力を振るわれているのに、小山さんと結婚するつもりだった。二人がまだ彼氏とうまくいっている時ならば相談できたのかもしれないと考えたが、そういう問題ではない。

友達に、私の結婚生活がうまくいっていないと思われたくない。

私達三人は同い年だ。インテリアショップで働きはじめたのは絵梨が一番早くて四年前だ。私が三年前で、ミクが二年前だ。一年先輩の絵梨にも負けたくないし、一年後輩のミクには絶対に負けたくない。自分が一番仕事ができて優秀で、私生活でも充実していたい。二人のことが嫌いなわけじゃない。鬱陶しく思うことはあっても、友達だから、絵梨が怪我しているのを見て心配する気持ちもある。ミクが彼氏と別れた時には、もっと相談してくれればいいのにと思った。それでも、自分が一番でいたいと思ってしまう。

引っ越す時、ミクが住んでいる中央線沿いや絵梨が住んでいた京王線沿いも候補になった。阿佐ヶ谷は環八沿いにある荻窪の一つ隣の駅だ。八幡山は環八沿いにある。環八沿いは北から南に向かって、生活レベルが上がっていく。荻窪と八幡山と千歳船橋に大差はないけれど、千歳船橋の先は二子玉川で、その先が上野毛、さらにその先は田園調布だ。二人より南に住みたかった。和也には、実家に帰りやすくするために町田で横浜線と繋がっている小田急線沿いがいいと話した。横浜線ならば、橋本《はしもと》で京王線とも繋がっているし、八王子《はちおうじ》で中央線とも繋がっている。

社員になって、結婚して、生活は充実している。ハワイでの式の準備は大変だけれど、和也は協力的だ。二人よりもいいところに住めて、二人よりも幸せ。

望むものはないはずなのに、不幸だ。

友達相手にそう思ってしまう心の貧しさが不幸なわけではない。横浜出身で見栄っ張りだからではなくて、女ならば誰でも同じことを思っている。

籍を入れたことで線を引かれた気がする。絵梨とミクがいるところに、私は戻れない。

ハムとチーズのクロワッサンサンドを食べながら、二人が話しているのを聞いていた。小山さんは、ストーカー化してミクのアパートまで来るらしい。お坊ちゃんらしいぼやけた顔をした人なのに、情熱的なようだ。絵梨は困った顔をしながらも、嬉しそうにしている。ミクは怒っているけれど、この状況をおもしろがっている。私は、何も思えない。遠い国の習慣について聞いているような気分だ。もっと不幸になればいいのにとだけは、少し思う。

つまらないと感じながら、川島君のことを思い出していた。

家に帰ってカレーを作りながら、また川島君のことを思い出した。

カレーは失敗せずに作れる唯一自信がある料理だ。市販の固形ルーを使うから失敗しないのではない。固形ルーも使うけれどそれだけではない隠し味を入れて、オリジナルカレーに仕上げる。すりおろしたにんにくと生姜《しょうが》を大量に入れると、ベースの味がしっかりする。和風ダシを少し入れて、まろやかにする。大学生の時に、一人暮らしをしている彼氏のために練習した。カレーがおいしければ、とりあえずどうにかなる。他の料理ができないことはばれないようにした。

和也より前に付き合った彼氏には、好かれたくて、嘘ばかりついていた。いい女ぶって、浮気にも寛容なフリをしたりした。実際に浮気されたら、相手の女を殺したくなった。私が浮気相手で、本命の女に殺されかけたこともある。

川島君とは付き合う前は、ほとんど話したことがなかった。高校一年生の時に同じクラスだった。向こうはサッカー部で、クラスの中心的存在だ。背が高くて、顔はかっこいいし、ノリは軽い。近くにある女子校に中学生の頃から付き合っている彼女がいるという噂だった。

思い出すと気持ち悪いけれど、高校生の時の私はサブカル女子ぶっていた。音楽や映画が好きで、同級生とは違うという顔をしていた。いけてるとかいけてないとかいうヒエラルキーの外にいると思っていたが、いけてない以上にいけてない女子だった。クラスに同じ趣味の友達がいたから良かったものの、いなかったら完全に浮いていただろう。

あの頃好きだった洋楽や単館系の映画は、今はもう興味も持てない。

クラスの男子なんて子供っぽくて趣味じゃないと言いながら、川島君達と話せる女子を羨ましいと思っていた。本当は、少女マンガみたいな恋愛に憧れていた。でも、自分がサッカー部や野球部の男子とは付き合えないことをわかっていた。目立つ男子と気軽に話せるような、いけてる女子にはなれない。

サブカル好きの友達は大学生と付き合っていた。インターネットの掲示板で映画関係の情報を交換して、知り合った人だ。友達に彼氏の友達を紹介してもらったことがあった。渋谷のシネマライズで大学生の男の人と映画を見て、カフェでお茶を飲んだ。すごくお洒落な女子高生になった気がした。この人と付き合うのかなと思ったが、「ホテルでいいよね？」と、軽く聞かれて怖くなって逃げた。

それからは、大学生なんて子供だとも言うようになった。もっと年上の三十歳くらいのおじさんがいいとか、言っていた。三十歳は全然おじさんじゃないが、高校生の頃は大学生だって大人に見えていた。男の人のことも、恋愛がうまくできない自分のことも、嫌になっていたのかもしれない。現実的ではない相手を理想だと言い、自分が恋愛できないわけじゃないという状態を作りだした。

中学二年生の時に、彼氏がいたことはある。同じ学年でブラスバンド部に所属する男子だ。向こうから告白してきた。三回デートした後、メールをしても返信がなくなり、電話も出てもらえなくなり、自然消滅した。キスもしなかった。

同級生や先輩や、大学生と付き合っている友達をバカにして、自分を守った。

三学期の終業式の日、サブカル好きの女子五人で町田にカラオケに行った。隣の部屋には川島君達サッカー部と女子が何人かいた。私達が先に気がつき、部屋替えたいとか、ウザいとか、言っていた。メジャーな歌を歌っているのが聞こえてきて、笑ったりもした。

羨ましいなんて、間違っても言えなかった。

トイレに行って戻ろうとしたら、川島君が出てきた。カラオケボックスの廊下には私と川島君しかいない。黙ってすれ違うのも変だし、何か言った方がいいかなと思っていたら、向こうから話しかけてきた。

「つまんないから、出ない？」と、言われた。

何を言っているのかすぐに理解できなかったが、二人で出ようということだとわかり、うなずいた。部屋に戻ってカバンを取って、友達には先に帰るとだけ言い、また廊下に出た。川島君に手を引っ張られ、カラオケボックスを出て、横浜線の町田駅まで走った。連れ去られているみたいだと感じ、これから少女マンガみたいな恋愛がはじまるんだと思った。しかし、そのまま鴨居《かもい》にある川島君の家に行き、セックスをした。

私にとって、初めてのセックスだ。

状況に酔っていたせいか、怖いとか恥ずかしいとか感じることはなかった。川島君の両親は共働きで、昼間は誰も家にいない。まだ明るい部屋でキスをされ、制服のブラウスの中に手を入れられ、胸を触られ、そのまま流れるように最後まで終わった。初めての痛みは、想像していたほどではなかった。

遊ばれたのか、からかわれたのか、なんなのか、少女マンガではなくて、エロマンガみたいになってしまった。エロマンガを読んで哲学的とか言っていたが、エロはエロだと制服を着ながら思っていたら、「亜実って、いつも俺のことを見てるから」と、言われた。川島君を見ていたつもりはないが、サッカー部や野球部の男子を見ていたことはあったかもしれない。

家の近くに川が流れていて、そこまで送ってくれた。

それから、春休み中は川島君の家でひたすらセックスをしていた。好きなのかどうかはわからなかったが、嫌われたくないと思っていた。要求されるまま、和也には絶対にやらないようなこともやった。春休みは、宿題がない。その代わりに、インターネットで体位やテクニックについて調べた。

川島君の家に行った日には、いつも川まで送ってもらい、橋を渡る前に別れた。そこが境界線だと感じていた。境界線を出たら、私達の関係は崩れる。

春休みが終わって、二年生になると、川島君とはクラスがわかれた。川島君が女子と話していないか、サッカー部の練習と言って他校の女子と会っていないか、友達と遊んでいたから連絡が取れなかったと言っているのは女と会っていたからじゃないか、不安で不安でしょうがなくて、疑いつづけた。自分が彼女と思ってもらえている自信もない。私達、付き合ってるよね？　と、しつこく確認した。付き合ってると言ってもらえても、好きだと言われても、信じられなかった。授業がはじまると、サッカー部の練習が終わるのは夜になる。家に呼ばれなくなり、会うこともなくなった。

あの頃のことを思い出すと、目の前に桜の花びらが舞う。グラウンドの端に桜の木があり、そこに立って、サッカー部の練習を見ていた。

ゴールデンウィークになって、また家に呼ばれた。休みの日は必ず会い、セックスをした。四月はサッカー部も新入部員が入ったりして忙しかっただけで、これからは前みたいに会える。そう思っていたら、連休の最終日に「別れよう」と、言われた。

最後も、川まで送ってくれた。

せめて駅まで送ってほしいと思っても、言えなかった。

三年生でも違うクラスになり、別れてから卒業するまで川島君と話すことはなかった。

あの時が特別だったわけではなくて、その後の恋愛も同じようなものだ。もっと酷《ひど》い時もあった。嫉妬して、けんかして、感情をぶつけ合うのが恋愛だと勘違いしていた。

和也と出会えて、そうじゃないんだと思えた。

何も言ってもらえなくても、和也のことは信じられた。生活も、セックスも、無理しなくていいと思えるようになった。私が笑っていれば、和也も笑ってくれる。激しい感情を持てないことを寂《さび》しいと感じても、絵梨やミクがいるところに戻る必要はない。

「ただいま」和也が帰ってくる。

「おかえり」玄関に迎えに出る。

「今日、カレーでしょ。廊下までにおいがした」

「無理せず、失敗しないものにしました」

「それでいいよ。ゆっくりやっていこう。先は長いから」

「うん。ありがとう」

寝室で和也が着替えている間にカレーを温め直す。鍋《なべ》を気にしつつ、携帯をチェックする。仕事から帰ってきてカバンに入れたままだった。メールが一通届き、留守電が一件入っていた。メールは和也からで〈今、駅〉と、書いてある。留守電は川島君からだった。確認すると「日曜日に同窓会を町田でやることになった。来られたら来て」と、入っていた。

「電話？」寝室から和也が出てくる。

「留守電だから大丈夫」携帯をカバンの中に戻す。

「なんかあった？」

電話がかかってくるのは実家からか、仕事先からだけだ。急を要するようなことが何かあったのか、心配してくれている。

「高校の同級生」鍋の火を止める。

何を言っても心配かける気がして、嘘が出てこなかった。

「珍しいね」

「同窓会やるんだって」

「いつ？」台所に入ってきて、カレー用のお皿を出してくれる。

「日曜日」

「行くの？」

「行かない。もうずっと会ってないし」

仕事は早番だから、行こうと思えば行ける。でも、行きたくない。

川島君とのことは、どうしてもいい思い出にはできない。和也と会うより前のことは、忘れるべきだ。近所に住んでいるから川島君とまた会うかもしれないけれど、わざわざ約束して会う必要はない。サッカー部中心で集まるならば、あの頃に私と川島君がどんな付き合いをしていたか、知っている人達が来る。

「行けばいいじゃん。その日は俺も出張で帰り遅いし。メシは駅弁食べてくるから」

「でも……」

「嫌だなって思うなら、行った方がいい気がするよ」

「なんで？」

「みんな大人になってるし、わだかまりになっていることが溶けることもあるよ。俺、去年同窓会があったんだけど、行って良かったたって思った。それからまた連絡取るようになった友達もいるし」

「わだかまりって？　何があったの？」

和也にだって、激しい感情をぶつけ合った過去があるのかもしれない。最初からうまく恋愛できる人なんていない。

「それは、また今度話すよ」

「教えてよ」

「後で」

「今、教えて」

「後で。今はごはん食べよう」

「わかった。後でね」

過去のことだし、焦って聞く必要はない。

私が川島君とのことを話したくないと思うのと同じように、和也にだって話しにくいことはある。前の彼氏だったら、話してくれるまでしつこく聞こうとした。でも、和也と私は夫婦だ。これから長い年月を共に過ごす。和也が何を隠していても、崩れる関係ではない。話してくれるのを待てばいい。

「同窓会、行ってみようかな」

バス停で会った時、川島君は私に気軽に接してくれた。会って話したら、過去のことも違う印象に変わるかもしれない。

「行ってきなよ」

「うん」

「それよりさ、これ」和也は炊飯器を指差す。

ごはんを炊《た》いていなかった。

「ごめん！」

「いいよ、大丈夫」声を上げて、笑う。

もしも、同窓会で嫌なことがあったとしても、帰ってきたら和也が笑いながら迎えてくれる。この人といられれば、私は幸せだ。

同窓会にはクラス関係なく、三十人くらい集まった。

学年で三百人弱いたはずだから、一割くらいしか来ていない。でも、急に決まったことを考えたら、集まった方だろう。サッカー部ばかりかと思ったら、そうでもなかった。川島君がどうやって連絡を取ったのか不思議になるような、成績がいいグループの男子もいた。女子が十人くらい来ていて、仲が良かった友達もいた。

町田にあるチェーン系の居酒屋で、普通の飲み会のように進んだ。卒業してから十年も経っていないから、みんな見た目もあまり変わっていない。たまに会っている人達もいるみたいで、再会を大袈裟《おおげさ》に喜び合ったりもしなかった。

話しながら、いいところに就職している人が多いな、結婚して子供がいる人もいるんだなと感じたが、つまりはそういう人しか来なかったのだろう。同窓会で、堂々と自分の近況を話せる人だけが集まった。私だって、結婚を考えている彼氏はいるけれど、フリーターという先月までの状況だったら、来なかったかもしれない。来月には結婚するとか、もうすぐ社員になるとか言っても、生活レベルを低く見られそうだ。

それに気がついた時は冷める気持ちがあったけれど、この場を楽しめばいいと考えて、お酒を飲みながら適当にみんなと話した。

つまらないことを指摘して、場の空気を壊すような態度は誰も取らなかった。適度にお酒を飲み、相手の話に相槌《あいづち》を打ち、自分の考えを主張しない。全員が同窓会に対して、距離を取っていた。高校生の時は目立っていることが勝者だったけれど、同窓会では大人の振る舞いをして目立たないことが勝者だ。

帰りは、私と川島君の他に男子二人と女子一人が小田急線の新宿方面で一緒だった。男子二人は登戸《のぼりと》で降りて、女子一人は急行で下北沢まで行くと言うので、成城学園前《せいじょうがくえんまえ》で別れた。

「じゃあね」川島君と二人で急行を降りる。

「じゃあ、またね」下北沢まで行く女子は、そう言って手を振っていた。

また会うことはしばらくないだろうと思いながら、私も「またね」と返した。

向かいのホームに停まっていた各駅停車に乗り換える。祖師ヶ谷大蔵も千歳船橋も各駅停車しか停まらない。

川島君とは、同窓会の間は話さなかった。サッカー部の男子も何人か来ていたけれど、私達が付き合っていたことを言い出す人もいなかった。過去の話はしないということがルールのようになっていた。

「結構、盛り上がったな」シートに座り、川島君が言う。

十一時を過ぎている。電車はすいていた。私と川島君の他に同じ車両に乗っている乗客は五人だけだ。

カラオケボックスから抜け出して、二人で川島君の家に行った日のことを思い出した。

あの時の電車もすごくすいていて、二人で並んで座った。川島君の家に着くまで、二人とも一言も喋らなかった。

「そうだね」川島君の隣に座る。

盛り上がったというと違う気がするが、穏やかに進んでいい会だった。

電車が発車する。

外が暗いから、電車の窓に私と川島君の姿が鏡のように映っている。あまり変わっていないが、やっぱり高校生の時とは違う。

「川島君、太ったね」

「そんなことないよ」

「あるよ。高校生の時は、もっと顔が小さかったもん」

「いや、顔の大きさは変わらないって」

「変わったよ」

「でも、高校生の時と比べると、老《ふ》けたよな」窓に映っているのを見ながら、顔を擦《こす》る。

「そうだね」

高校の時の友達として話せて、気持ちが楽になっていくのを感じた。付き合っている時は、こうして普通に話したこともほとんどなかった。常に言葉の裏にある意味を気にして、嘘をついているんじゃないかと疑っていた。

「今日、千歳船橋まで送るよ」

「いいよ」

成城学園前の次が祖師ヶ谷大蔵で、千歳船橋はその次だ。千歳船橋まで来たら、川島君は遠回りすることになる。

「もう遅いし」

「私、結婚してるよ」

「さっき、女子達と話してるの聞こえた。あれ？　旦那に駅に迎えにきてもらうとか？」

「ううん」

家に来る気かもしれないと思ったのだが、そういうことではないようだ。

「俺も、もうすぐ結婚するよ」

「そうなんだ」

「来月には引っ越す」

「そう」

もうなんとも思っていないのに、胸が痛くなった。私は、高校生の時に川島君のことをちゃんと好きだったんだ。ちゃんと好きだったから、結婚することが少し寂しい。

「亜実のことはさ、なんか、ずっと引っかかっていたんだよ」

「なんで？」

「うまく付き合えなかったから」

話しているうちに電車は祖師ヶ谷大蔵に停まる。扉が開くが、川島君は座ったままだった。扉が閉まり、電車は発車する。

「付き合ってるって、意識あったの？」

「あったよ。入学式で最初に見た時から気になってた。同じクラスなのに話すきっかけも見つけられなくて、ずっと話したいと思っていた。たまに目が合うと、それだけで嬉しかった」

「一年の時に他校に彼女いたでしょ？」

「その噂、嘘だから。中学の同級生で、仲いい女友達はいたけど」

「そうなんだ」

高校生の時に言われたら信じられなかったが、今ならば信じられる。

「カラオケボックスで亜実が廊下にいるのが見えて、慌てて出ていった。平静を装うのに必死だった」

「その後、すぐにやりましたよね？　私達」

「うん」

「純愛みたいに言わないでよ」

「だからさ、俺的には純愛だったんだって。ずっと気になっていた子と二人でカラオケボックスから逃亡して、感情の赴《おもむ》くままに初めてのセックスをするって。アメリカの青春映画みたいじゃん」

「全然」首を大きめに横に振る。

「そうだよな、全然だよな」

「そうだよ」

「セックスしかしてなかったもんな」

「声が大きい」

周りに座っている人はイヤホンで音楽を聴いていて、私達の話は気にしていない。でも、聞こえないということはないだろう。

「高校生の俺としては、セックスばかりなのも、お互いの情熱をぶつけ合った結果とか考えてたけど、今思うと、やりたかっただけだよな」

「私は、高校生の時から、やりたいだけなんだって思ってたけど」

「なんか、すいません」

電車が千歳船橋の駅に着く。立ち上がり、電車を降りる。階段を下りて、改札を出る。

「どっち?」川島君が聞いてくる。

「こっち」マンションがある方を指差す。

「区民センターのところで花見して行こう」

「遠回りになるんだけど」

「ちょっとだけ、いいじゃん」

「ちょっとだけね」

商店街を通り、南に向かって歩く。店は閉まっていて、歩いている人も少ない。

区民センターの横の桜並木まで行く。

ほとんど花は散っていて、葉が出ている木もある。

夜の中に薄いピンク色の花びらが静かに舞い落ちていく。

「こういう桜並木を二人で歩いたりしたかったな」

「私も歩きたかったよ」

「でもさ、ああいう過去があって、今があるんだし、いいよな?」

「いい風に言わないでよ」

「だって、今は幸せなんだろ?」私の顔を見て、川島君は言う。

「そうだね」

不安も不幸だと思う気持ちも、なくなっていた。

「じゃあ、良かったじゃん」

「ねえ、さっきの話で気になったんだけど、初めてのセックスって、どういうこと？　私とのセックスが初めてってことだよね？」

「違うよ。俺にとってのセックスが初めてってことだよ」

「嘘だ！」

「嘘じゃないって！」

桜並木の下は通らずに環八に向かって歩く。

家まで送ってくれると言ったけれど、信号のところで別れた。環八を渡っていく川島君を私が見送った。

手を振りながら、橋を渡って川島君の家から帰る高校生の私を見送っているような気持ちになった。

「ただいま」

マンションに帰ったら、和也は帰ってきていた。

「おかえり」

お風呂場のドアを開けて、和也は顔を出す。シャワーを浴びている途中で、頭にシャンプーの泡が乗っている。

「ただいま」

「同窓会、どうだった？」

「行って良かった。後で話すから、先にそれ落としていいよ」頭の上を指差す。

「じゃあ、後で」お風呂場のドアを閉める。

出張に持っていった荷物は片づけられていた。洗濯物は洗濯カゴに出してあり、お土産のお菓子はダイニングテーブルに置いてある。私が好きなお菓子だ。買ってきてと頼んだわけではないのに、買ってきてくれた。

寝室に行き、バッグを置く。

ベッドの横の棚に和也の携帯が置いてあった。マナーモードで震えている。メールではなくて、着信のようだ。いつまでも鳴り止まない。

和也の携帯を見たことはないけれど、見てもいいと言われている。堂々とされると、見られなくなる。私が操作を間違えて、仕事関係の着信履歴やメールを消してしまったら、何か問題が起きるかもしれない。見る必要も感じないから、触らないようにしている。

一度止まり、またすぐに震え出す。仕事関係で急ぎの用事なのだろうか。液晶を見てみる。

〈里奈《りな》〉と、大きく名前が出ていた。震えが止まる。

液晶を見つめたまま、しばらく様子を見る。もう電話はかかってこないようだ。和也の携帯を手に取る。ロックしてあるかと思ったが、スライドだけで解除できた。

着信履歴には一昨日の夜から〈里奈〉と、名前が並んでいる。昨日の午前中に一回、夜に二回、今日の朝も一回、里奈から電話がかかってきている。発信履歴を確認したら、昨日の夜中に一回、里奈に電話をかけていた。メールの受信フォルダにも里奈からのメールがあった。三十分前の受信で〈大阪、楽しかったね〉と、一言だけだ。それ以外に里奈からのメールは、ない。送信フォルダにも里奈へのメールはない。

電話帳を見たら、私の名前は〈木村亜実〉と、登録してあった。〈里奈〉は〈里奈〉なのに、どうして私は〈木村亜実〉なのだろう。

私は、結城亜実だ。

それよりも何よりも、里奈って、どこの誰なの？

二子玉川

ふたこたまがわ

この川は、作りもののようだ。

川からも、野球やサッカーやバーベキューができる河原に生《お》い茂《しげ》る草からも、においがしない。

私が生まれ育った西伊豆の町は、水のにおいがした。

海に近付くにつれて、潮《しお》のにおいに変わっていった。雨が降る前には、においが濃くなった。

「ママ、お兄ちゃんのおむかえは?」

ヒナがベランダに出てきて、私のシャツの裾《すそ》を引っ張ってくる。

翔太のスイミング教室のお迎えにいく前に洗濯物を取りこんでおこうと思いベランダに出て、ぼうっとしてしまった。

ベランダから目の前に多摩川が見える。ゴールデンウィークだったから、先週まではバーベキューにきた人達で賑《にぎ》わっていた。今日は小学校高学年くらいの男の子達が野球の練習をしているけれど、騒がしいと感じるほどではない。八月の花火大会の時には正面に花火が上がる。この町で生まれ育った夫が、子供の時に友達の家から花火が見えて羨ましかったと言って買ったマンションだが、見えなくていいものも見える。野球のグラウンドから離れたところで、高校生のカップルがキスをしている。

「おむかえは？」

「ちょっと待ってね」取りこんだ洗濯物をカゴに入れて、リビングに戻る。

ぴったりと私の後にくっついて、ヒナもリビングに入ってくる。

「もう行く？」

「行くから、待って」

洗濯物をたたむのは帰ってきてからにしよう。カゴから出して、ソファーの上に広げておく。

「おむかえの後、お買いものする？」

「そうね」

洗面所にも寝室にもぴったりくっついてくるヒナを適当に相手しながら、出かける準備をする。

二子玉川の駅前にあるファストファッションのお店で買ったチュニックシャツとストレッチデニム、バッグは髙島屋にもお店が入っている北欧雑貨のブランドのキャンバストートにする。靴は黒いエナメルのフラットシューズにしよう。

「まあだ?」

「もう少し」

鏡に映して、自分がどう見られるかを意識しながら、全身を確認する。カジュアル過ぎないように、でも気合いが入っているとも思われないようにしなくてはいけない。

「プール、終わっちゃうよ」

「大丈夫よ」

スイミング教室が終わるまで、あと二十分ある。教室をやっているスポーツクラブはマンションの前の通りをまっすぐ行くだけで、歩いて十分もかからない。幼稚園の年長さんになったばかりで、ヒナはまだちゃんと時計が読めなかった。

「ヒナもスイミングやりたいなあ」

「小学生になったらね」

「ピアノは?」

「小学生になったらね」

まだ小学校二年生なのに、翔太はスイミング教室とピアノ教室に通っている。夫は、私が私立の小学校に入れたいと言った時には子供は伸び伸び育てた方がいいと言って反対したくせに、小学校に入った途端に習い事をさせた方がいいと言い出した。全部、お義母さんの入れ知恵だ。そして、お義母さんはテレビに入れ知恵されている。

ヒナにはバレエを習わせた方がいいと言われているが、いいお教室が見つからなくってと言って、無視している。

「おじゅけんのおきょーしつは？」

「おきょうしつ」うを強調する。

「うっ！」口だけではなくて、顔中を尖《とが》らせて言う。

真剣に変な顔をしているのがおもしろくて笑ってしまったが、すぐに笑えなくなった。ついてくる気配は感じても、ヒナのことをちゃんと見ていなかった。正面から見たら、想像していたのとは違う格好をしていた。

「お洋服どうしたの？」

幼稚園には制服で通っている。帰ってきてから黄色のシャツと水色のデニム風スカートに着替えさせた。それなのに、ピンク色のワンピースを着ている。

襟《えり》や袖口にレースがあしらわれ、胸元に大きなリボンがついているもので、お義母さんの手作りだ。年長さんになったお祝いと言ってプレゼントされた。一時代前のピアノの発表会を思わせる派手なデザインのわりに、素材が安っぽい。

「お着がえしたの」スカートをつまみ、お姫様みたいなポーズを取る。

「もう一回、お着替えしてくれる？」

「えーっ」下を向き、不満そうにする。

自分の娘でも、こういう顔はかわいくない。

そう思ってしまうことを前は母親失格と思ったりしたが、もう慣れた。子供が常にかわいいなんて、母親になったことがない人間の幻想だ。

しゃがんで、ヒナと目線を合わせる。

「このワンピースはおばあちゃんのおうちに着ていくんでしょ。汚れちゃったら、どうするの？」

「よごさないもん」泣きそうになっている。

「お願いだから、お着替えして」

こんな服装で外に出すわけにはいかない。スイミング教室が終わって子供達が着替えて出てくるまでの間、お迎えにきた母親はスポーツクラブのロビーで待っている。滞在時間が長い分、幼稚園の送り迎えやスイミング教室に送っていく時よりも、お互いの服装や持ち物のチェック時間も長くなる。

「よごさないもんっ！」グーにした手を胸の前で振り、ヒナは泣きはじめる。

こうなると、長い。泣きやむまで待っていたら、お迎えに間に合わなくなる。翔太は一人でも帰ってこられるけれど、誰に何を言われるかわからない。

「お願い、お着替えして」

「いやっ！」泣き声が大きくなる。

子供部屋で翔太とヒナが歌っている。

日曜日の朝にやっている戦隊ヒーローもののエンディングテーマだ。学校に行く日の朝はなかなか起きられないくせに、翔太は日曜日の朝だけは六時半に一人で起きて、アニメや戦隊ヒーローものを見ている。ヒナは怪獣が怖いと言って見ていないけれど、歌は憶えたようだ。

「もう寝なさい」子供部屋に行く。

「出た！　ママ怪獣だ！」

持っていたおもちゃを放り投げ、翔太ははしごを使って二段ベッドの上の段にのぼり、ヒナは下の段に入る。

「ちゃんと片づけなきゃダメでしょ」おもちゃを拾い、箱にしまう。

ママ怪獣として、二人の遊びに付き合う時もあるが、今日はそういう気分になれなかった。もうすぐ九時になるから、子供達は寝る時間だ。

「パパ、帰ってきた？」翔太が言う。

「まだ、お仕事忙しいんだって」

「日曜日にキャッチボールしてくれるかなあ？」

「どうかなあ？」

二段ベッドの上の段をのぞきこむと、翔太は布団に入ったまま私の顔を見て、首を傾げる。澄んだ目は、水気を帯《お》びてキラキラしている。

世界中にいる男の中で、翔太が一番愛しい。

「聞いておいてあげるから、もう寝なさい」

「うん。おやすみなさい」

「おやすみ」

「おやすみなさい」ヒナも言う。

「おやすみ」

下の段に寝ているヒナの頭をなでる。髪の毛も肌も柔らかい。ほっぺたを強くひねったら、潰《つぶ》れてしまいそうだ。これがゆっくりと硬くなっていき、女になる。

　電気を消して、子供部屋を出る。

　閉めた扉の向こうで、翔太とヒナが小さな声でまた歌いはじめたのが聞こえたが、すぐに眠るだろう。

　夫は、まだ帰ってこない。

　もともと仕事で遅くなることは多かった。結婚する前、私は夫と同じ会社に勤めていたから、どうして遅くなるかはわかっている。不動産会社の本社に勤めていて、郊外にあるアウトレットやショッピングセンターの開発を担当している。出張も多いし、付き合いで飲みに行くことも多い。三十代後半になり、部下の相談にのるという役目も増えたようだ。去年と一昨年の花火大会の時には、夫の部下とその恋人やご家族をうちに招待した。上司として好かれていて頼もしいと思った。飲みに行くことに文句を言うつもりはない。

　しかし、最近は帰りが遅い日が多すぎる。

　去年の終わり頃から増えてきて、この二ヶ月くらいは子供達が起きている時間に帰ってきたことがない。朝も子供達が起きるより早くに出ていくし、週末はゴルフや出張に行ってしまう。

　翔太はスイミングやピアノよりも、野球をやりたいようだ。少年野球のチームには一年生から入れる。他の習い事もがんばるから入りたいと言われ、パパにも相談してからねと伝えて返事を保留にしたままだ。

鍵の開く音が聞こえ、玄関のドアが開く。

「ただいま」夫が帰ってきた。

「おかえりなさい」玄関に出る。

「翔太とヒナ、もう寝ちゃった？」

「さっき」

「そっか。今日は間に合うと思ったんだけどな」

靴を脱いでネクタイを外しながら寝室に入っていく夫の後ろについていき、においをかぐ。

帰ってきた夫のにおいをかぐのがクセになっている。

部下と居酒屋で飲んできた日はタバコのにおい、付き合いで女の人がいるお店に行った日にはタバコと香水が混ざったにおい、残業だった日には社食か会社の近くの定食屋の油のにおいがする。

そして、女の部屋に寄ってきた日にはバラの香水のかおりがした。

二十代後半の女の子に人気があるコスメショップのものだ。

今日は線香のにおいがする。

「お義母さんのところに行ってたの？」

「ちょっとな。なんでわかった？」

「におい」

脱いだジャケットを受けとる。他ににおいが移らないように、クローゼットの外側にかけておく。

「じいさんに線香あげてきた。もうすぐ命日だから」

夫の祖父は、私達が結婚するよりも前に亡くなっているので、私は会ったことがない。二子玉川の駅の反対側にある実家には、夫の祖母と両親が住んでいる。

「それだったら、先にうちに帰ってきてくれればよかったのに」

「でも、向こうの方が駅から近いし」

「先に帰ってきてくれれば、翔太もヒナも起きてたのよ。子供達と一緒にごはんを食べてから行くことだって、できたでしょ」

「そうだよな」ワイシャツとズボンを脱ぎ、スウェットの上下に着替える。

「翔太がパパとキャッチボールしたいんだって。日曜日、どう？」

「日曜日はゴルフ」

「夕方くらいに帰ってこられないの？」

「なるべく早く帰ってくるけど、約束はできないからな」

こういう話をする時、夫は前は「ああ」や「うん」としか答えなかった。しつこく言うと、あからさまに機嫌が悪くなって、黙りこんだ。バラのかおりがするようになり、よく喋るようになった。

「約束できないんだったら、ダメ。翔太に期待させることは言えない」

「真希ちゃんに来てもらえばいいじゃないか」

真希は私のいとこだ。二十四歳になるのに、女優になりたいという夢を追いかけ、アルバイトで生活をしている。静岡から東京に出てくる時に条件として、月に一回は私と会うようにおばさんが言ったので、毎月うちに遊びにくる。翔太とヒナの子守を頼めるから、助かっている。運動神経がいい方ではないけれど、小学校二年生の男の子とキャッチボールするくらいはできるようだ。

「そういうことじゃないのよ。翔太はパパとキャッチボールしたいって言ってるの」

「そっか。どうにかするよ」

どうにかすると言い、どうにかなったことはない。

寝室から出て、リビングに行く夫についていく。私の後ろについてくるヒナを私が見ていないように、夫も私を見ていない。

「何か食べる？」

ソファーに座った夫から離れ、台所に行く。

「食べてきたからいい。お茶だけちょうだい」

「今日、ヒナがお義母さんに作っていただいたワンピースでお出かけしたのよ」

お湯を沸かし、お茶を淹れる。

ギリギリまで待ってもヒナは泣きやんでくれなかった。お義母さんにもらったワンピースのまま、抱きかかえて家を出た。エレベーターに乗っている間もずっとぐずっていたが、マンションの一階でコンシェルジュのお姉さんに「ヒナちゃん、かわいらしい服でいいな」と言われ、機嫌を直した。スポーツクラブのロビーでも、かわいいとかお姫様みたいとか言われ、嬉しそうだった。ヒナが褒《ほ》められれば褒められるだけ、バカにされている気持ちになった。

「そうなんだ」テレビをつけ、バラエティ番組にチャンネルを合わせる。

「とっても好評だったから、お義母さんにお礼言っておいて」

「良かったな。ヒナは何を着ても、かわいいからな」

「お洋服作るのは大変でしょうから、もう結構です。とも、言っておいて」リビングに行き、テーブルに湯呑みを置く。

テレビから目を逸らし、夫はチラッとだけ私を見た。すぐに視線をテレビに戻す。

「ああ」

「先に寝るね」

「ああ」

寝室に入り、ベッドに横になる。大人が寝るには、早い時間だ。

結婚した時、私はまだ二十四歳だった。

夫は同じ部署の三年先輩で、入社してすぐの新入社員歓迎会の帰りに「付き合ってほしい」と、言われた。先輩が後輩をからかっているんだと思い、初めは断ったが、何度か話すうちに本気だとわかった。仕事熱心でマジメな人で、恋愛が苦手なように見えた。

社内恋愛は禁止されているわけではないけれど、堂々としていいことでもない。仕事をしたかったからまだ結婚する気はないと思っても、周りの目がある。結婚後も仕事をつづけていいと言われ、会社で気まずく感じていたのもあり、プロポーズを受けた。

でも、半年も経たないうちに翔太ができた。妊娠中も働くつもりだったが、つわりが酷くて、有休を使って通常より早く産休に入った。翔太が生まれて一年以上経ち、そろそろ会社に復帰する準備をしようと思っていたら、ヒナができた。

このマンションには、結婚してすぐに引っ越してきた。お義母さんが買ってくれた。お義父さんは会社を経営している。税金対策か何かで、お金を使う必要があったようだ。あの頃の私は、世間を知らなかった。

家賃を払わなくていいことを喜び、お義母さんともお義父さんともうまくいっているし、結婚して良かったと思っていた。

マンションの住人は私達より上の世代の人ばかりだ。結婚してから何年もかけて貯めたお金を頭金にしてローンを組んでやっと買えるという部屋に、まだ二十代の新婚夫婦が住んでいたら目立つ。私も夫もどうやって買ったか言わないようにしたのに、なぜか噂は広がっていった。詮索に詮索を重ねられて、事実に近い話が私の耳まで届いた時にはビックリした。しかし、翔太ができると、ママ友が増えて、噂もされなくなった。一人目の子育て中、二人目を妊娠中という人が同じマンション内にいるのは心強い。つわりが酷くてなかなか外出できなかったので、マンション内に話せる人がいるのも、嬉しかった。お義母さんが来て、ごはんを作ってくれることもあり、近所に住んでいると助かると夫に話した。

私の人生はうまくいっていると思えたのは、この頃までだ。

翔太が生まれると、お義母さんは口うるさくなった。一時代前の子育ての知識を押しつけてきて、今は違うんですと言うと、テレビで見た知識を押しつけてくるようになった。マンションに住むママ友とは今も仲良くしているが、自分の子供が一番という意識を誇示し合う。

そして、職場復帰もできなかった。世田谷区は保育園の待機児童が日本で一番多い。うちみたいに金銭にも健康状態にも問題がなくて近くに両親のどちらかの実家がある家庭の子供は、いつまで経っても保育園に入れない。贅沢な話だし、当たり前のことだけれど、気がついた時には愕然《がくぜん》とした。

予定外に専業主婦になってしまったが、夫は優しいし、子供はかわいいから、これで良かったんだと思うことにした。一日中子供達といて、育児ノイローゼになりそうな時もあったけれど、川に遊びにいくと少し気が晴れた。真希が上京してきて、お義母さんに子守を頼まなくて良くなったら、一気に楽になった。翔太は小学生になってしっかりしてきたし、ヒナはまだ甘えん坊でも前ほど手がかからなくなってきた。お義母さんとの距離の取り方や、ママ友との付き合い方もわかってきた。これからは、もっと落ち着いて暮らすことができて、私一人の時間や夫婦の時間も取れるようになるだろう。このマンションに引っ越してきた時、夫は「子供ができても、夫婦二人で河原を散歩しよう」と、ベランダで多摩川を見ながら話していた。

もう少しだと思っていたら、夫からバラの香水のかおりがした。

ヒナができたことがわかってから、私と夫はセックスをしていない。翔太の時はそんな風に思わなかったのに、女の子がお腹の中にいるからかヒナを妊娠中は夫に身体を触られるのも嫌だった。私が拒むと、夫もそれ以上は求めてこなかった。生まれてからは、歩き回る翔太と泣いてばかりいるヒナに振り回される生活に疲れ、眠る時間を取るだけで精一杯だった。今日はできそうという日はあったが、そういう雰囲気もなくなっていた。繁殖行為と考えたらこれ以上は必要がなくて、やらなくても生きていける。

私と夫は、ママとパパでしかない。協力して、翔太とヒナを育てていく。夫はお義母さんの入れ知恵に動かされるだけだから、できるだけ何もしないでいてもらいたい。お金を稼ぎ、たまに翔太とキャッチボールをして、夏休みにキャンプにでも連れていってくれたら充分だ。家庭に持ちこまなければ、愛人を作るぐらい好きにすればいい。

そんな風に考えることはできても、気持ちは割り切れない。

お義母さんの話をされるのが前は嫌でしょうがなかった。どうにかして引っ越せないか、考えていた。でも、最近は実家に寄ってきたとわかると、ほっとする。

バラの香水の相手を私は知っている。

二子玉川の駅前にあるショッピングセンターにも、バラの香水を売っているコスメショップが入っている。

入口を入ってすぐのところにあり、自動ドアを抜けると、そのかおりに包まれる。

真希と待ち合わせをするのにわかりやすい場所がいいと思って入口を入ったところにしたが、違う場所にすればよかった。

ショッピングセンターと言っても名前がそうなだけで、郊外にあるものとは違う。入っているお店は、二十代から三十代のOLや主婦向けのファストファッションやカジュアル系のブランドが多い。雑貨やおもちゃを売っているお店もあるが、上の方のフロアにある。ヒナはバラの香水のかおりが好きなのか、嬉しそうにしている。しかし、翔太は退屈そうだ。気持ちを紛《まぎ》らわせられるものがないか探して、キョロキョロしている。こういう時の顔はパパにそっくりだ。

今日は髙島屋でごはんを食べる約束だから駅前で待ち合わせにしたが、いつも通りに真希にマンションまで来てもらえばよかった。ヒナがまた勝手にお着替えしないうちにと思って出てきたら、早く着いてしまった。

「翔太、上におもちゃ見にいく？」

「ううん。もうすぐ真希ちゃん、来るでしょ？」

「真希には、メールするからいいよ」

「大丈夫」

「そう」

翔太が退屈していることを理由にして、私がここを離れたかっただけだ。

バッグの中で、携帯電話が鳴る。

「ヒナ、ちょっと手を離すけど、ここにいてね」

「うん」

家では仲良くしているのに、翔太は小学校に上がってから外でヒナと手を繋がなくなった。友達に見られたら恥ずかしいらしい。人の目を気にするなんて私にそっくりと思ったが、私は子供の頃はそんな風に考えたこともなかった。

「もしもし」

ヒナと翔太を見ながら、電話に出る。真希からだった。

「芙美ちゃん、どこにいるの？」

名前で呼ばれても、誰のことかわからなくなる時がたまにある。

結婚して私は、森崎《もりさき》芙美から坂本芙美になった。しかし今は、ヒナちゃんママであり、翔ちゃんママであり、坂本さんの奥さんでしかない。それをつまらないとは思わないけれど、森崎芙美だった頃の自分のことはよく思い出せないし、坂本芙美に変わったことを実感して喜びを抱えて生きていたのは、結婚して翔太ができるまでの半年間だけだ。

付き合っていた頃、夫は私を「森崎さん」と呼んだ。会社で下の名前を呼ばないように、苗字で通した。結婚してから「芙美」と呼ばれるようになった。翔太ができて、「ママ」になった。私も夫のことを「パパ」としか呼ばない。

「もしもし、芙美ちゃん、聞こえてる?」

「ごめん、ちょっと周りがうるさくて」

「駅に着いたんだけど、どっちに行けばいい? 正面?」

「えっと、正面じゃなくて右側。中にいるんだけど、出たところで待ってる」

改札の正面にある入口の方がわかりやすいし、髙島屋にも近い。私がわざわざここを選んだ。バラの香水を拒絶しながら、意識している。

「いいよ、いいよ。中にいて」

「わかった」

ここにいてと言ったのに、ヒナは離れていってしまう。翔太もついていく。

「じゃあ、すぐ行くから」

「はい」

　電話を切り、翔太とヒナを追いかける。

　二人で、コスメショップの前に立っていた。香水の他に、バラのかおりのボディローションやハンドクリームも売っている。お客さんは二十代後半の女の人が多いが、私と同い年くらいに見える人もいる。私はまだ三十三歳だ。誕生日が来たら、三十四歳になる。学生の頃の友達は、今も働いている。独身の友達もいるし、結婚して子供を産んだ後に職場復帰した友達もいる。

　結婚して、子供が二人いて、二子玉川にマンションを買えたら、何も不満はないと彼女達は思っているだろう。私だって不満を言うつもりはない。でも、彼女達が思っているほど幸せではない。

　ゴールしてしまったのだ。

　あとは所帯じみていくしかない。ヒナが小学生になってから働くとしても、パートタイマーじゃないと無理だろう。社員になれたとしても、独身の頃みたいに夜遅くまでは働けない。子育てが落ち着いたら趣味の教室に通おうとか考えてみるが、主婦でしかない自分を認めることになりそうだ。

　コスメショップにいる同世代のはずの女の人達が、すごく若く見える。

服装には気を付けているし、二人産んでも体型は崩さないようにした。おばさんにはなっていないと思っても、雰囲気が違う。

「ママ、これ、いいかおり」バラのかおりのハンドクリームを手にとって、ヒナが言う。

「戻しなさい」

「お子様用の商品もありますので、どうぞご覧ください」店員さんが声をかけてくる。

「大丈夫です」ヒナの手からハンドクリームを取り、棚に戻す。

「ちょっとだけつけたら、ダメ?」手に塗るマネをしながら、上目遣《づか》いでヒナは私を見る。

幼稚園に入った頃からお化粧品に興味が出てきたようだ。子供用の水で落とせるマニキュアを塗ってあげたことはあるが、ママのものには触ったらいけないと教えている。それでも、お友達の家で大人用の化粧品のかおりを憶えてくる。

「ダメ」

「ちょっと」

「ダメ」

バラのかおりが鼻から入って、身体中を満たしていく。

夫は、翔太とヒナがおむつをしていた頃に「子供でも、くさいものはくさいな」と言って顔を顰《しか》めていたが、鼻が敏感な人ではない。玄関に花を飾っても、リビングにアロマを焚《た》いても、何も気がつかない。女から香水のかおりがして、自分も同じかおりになっていることなんて、一生かかっても気づけないだろう。

「ちょっと」ヒナは、泣きそうな声になる。

「こっちならいいよ」

動物の柄のチューブに入った子供用のハンドクリームを店員さんに取ってもらう。子供用としては値段が高いが、ここで泣かれたら大変だから買ってあげてもいい。どんなことがあっても、ヒナにバラのかおりのハンドクリームは塗りたくなかった。あの女と同じかおりがするものに、翔太とヒナには触れてほしくない。

「こっちがいい！」バラのかおりのハンドクリームを取ろうとする。

「こちらも、お子様が使っても大丈夫ですよ」店員さんが言う。

「すいません。これから食事に行くので、かおりがするものはちょっと」

「そうですか」面倒くさく感じたのだろう。苦笑いとしか思えない笑みを浮かべ、店員さんは離れていく。

「ヒナ、こっちは？　ママ、こっちのかおりの方が好き」バラのかおりのハンドクリームの隣に置いてある桜のかおりのハンドクリームを取る。しゃがんで目線を合わせ、ヒナの手にほんの少しだけ塗る。「ほら、いいかおりでしょ?」

「ヒナもこのかおり、好き」手に鼻を近づけ、嬉しそうにする。

「真希ちゃんが待ってるから、行こうか」

「うん」

立ち上がったところで、翔太がいないことに気がついた。

「翔太、翔太!」

「お兄ちゃん!」

近くで何か見ているんだと思ったが、私とヒナで呼んでも翔太は出てこない。

「芙美ちゃん、どうしたの?」真希が来る。

入口を入ったところにいなかったので、中まで探しにきてくれたのだろう。

「翔太がいなくて、さっきまで一緒にいたんだけど。ヒナ、真希ちゃんとここにいてね」

「うん」

ヒナを見ているように真希にお願いして、翔太をさがしにいく。

コスメショップの他に、同じフロアにはカジュアル系のブランドのお店や雑貨屋やペットのグッズを売っているお店がある。雑貨屋に置いてあるおもちゃみたいな文房具を見ているのだろうと思ったけれど、いない。動物が好きだからペットのグッズを見ているのかと思ったが、そこにもいなかった。カジュアル系のブランドのお店の中も見て回る。外国製の雑貨がいくつか置いてあるけれど、翔太が好きな感じのものではない。店員さんに「七歳くらいの青いシャツの男の子がいませんでしたか？」と聞いてみても、「見ていません」としか、答えは返ってこなかった。

退屈しても、一人で上のフロアまで行くことはないだろう。さっき聞いた時に、「大丈夫」と言っていた。ヒナはちょっと目を離した隙に一人で遠くまで行って泣いていたことがあった。でも、翔太はそんなことはない。髙島屋で、ヒナのお洋服を見ている間に黙っておもちゃ売場に行ってしまったことはあったけれど、私達のことを気にしていてすぐに戻ってきた。

もしも翔太がいなくなったらどうしたらいいんだろう。

そう考えるだけで、全身から血の気が引いていく。

雑貨屋をもう一度見にいく。ここでも店員さんに聞いてみようと思っていたら、携帯電話が鳴った。

「もしもし」

「芙美ちゃん、翔ちゃんいたよ」

真希の声の向こうから、翔太とヒナが喋っている声が聞こえてくる。

「どこに？」足下から崩れ落ちそうになった。

「二階のトイレに行ってたんだって。さっきのところで、一緒にいる」

「ありがとう。すぐに戻る」

電話を切り、コスメショップの方に戻る。

翔太とヒナと真希の他に、もう一人女の人がいた。

「翔太！　黙ってどこかに行ったらダメでしょ」翔太をギュッと抱きしめる。

「ごめんなさい。すぐに戻ってくるつもりだったんだけど、里奈ちゃんに会って」

「すみません。買い物をしていて、二階で翔太君と会ったんです。一人でいるのを変だと思うべきだったのに、気づけなくって。一階に下りてきてから、お話しすればよかったね？」

「そうだね」私の手から離れ、翔太は里奈ちゃんを見上げる。

里奈ちゃんは、夫の部下だ。

去年も一昨年も八月の花火大会の時にうちに来た。去年のゴールデンウィークに河原でバーベキューをやった時にも来た。翔太とヒナはその間中、遊んでもらっていた。今年のゴールデンウィークもバーベキューをやる予定だったが、雨が降って中止になった。里奈ちゃんと会いたかったと翔太とヒナが言うのを、夫は困った顔をして見ていた。

その顔を見て、彼女がバラの香水の相手だと確信した。

付き合いはじめたのは、去年の花火大会より後だ。十月か十一月くらいだと思う。その頃から、夫のジャケットからかおりがするようになった。今年のバーベキューは、中止にならなくても里奈ちゃんは来る予定ではなかった。妻と愛人を会わせたらいけない。鈍感な夫も、それくらいは考えられるようだ。

「私が見ていれば、よかったんです。すみませんでした」顔を見ないようにして、里奈ちゃんに頭を下げる。

彼女は今年で三十歳になる。花火大会の時に、そう話していた。私が産休に入った翌年以降に入社したのだと思う。会社で会ったことはない。女性社員の中でも、とても優秀らしい。仕事をしている女の毅然《きぜん》とした空気がある。もっと若くて弱々しい女が相手だったらいいということではないが、せめて他の女にしてほしかった。

堂々としていたいと思うのに、できない。

「こちらこそ、すみません」里奈ちゃんも頭を下げる。

テレビドラマだったら、ここで「何に対して、すみませんですか?」とか言って愛人を一撃するところだけれど、私にはそんなこと言えない。怒鳴《どな》って、殴り飛ばしてやりたい。翔太とヒナには、絶対に触れてほしくなかった。

「ママ」ヒナが私の手を引っ張る。

バラのかおりがする。

「ヒナ、おててどうしたの？」

「里奈ちゃんにぬってもらったの」

私がいつもと違うとわかったのか、ヒナは悪いことをした時の顔になる。

子供は母親の気持ちに敏感だ。

翔太もヒナも、髙島屋のレストランでごはんを食べている間中、いつもよりはしゃいでいた。でも、ママを怒らせたらいけないと思ったのか、二人とも苦手なニンジンをちゃんと食べた。


「翔ちゃんとヒナちゃん、寝たよ」真希が子供部屋から出てくる。

ごはんを食べた後に真希はうちに来て、翔太とヒナをお風呂に入れてくれた。翔太とヒナにとって、一番好きなお姉ちゃんは真希だ。お風呂場でも大はしゃぎで、さっきまでリビングでボードゲームで遊んでいた。寝る時間が遅くなってしまったけれど、明日は土曜日だから小学校も幼稚園もお休みだ。遊んでいるうちに二人とも、駅前のショッピングセンターで里奈ちゃんと会ったことなんて、忘れてしまったようだ。

「そう」
「公太君、部屋に来てるんだよね」
「もう遅いし、泊まっていけば」
「帰るね」
「ありがとう」

公太君は真希の彼氏で、三ヶ月くらい前から付き合っている。先月、真希と一緒にうちに来た。真希にはもったいないと思ってしまうような、キレイな顔をした男の子だ。日曜日だったから、河原で翔太と野球をやって夕方まで遊んでくれた。

私と真希は十歳離れている。真希が生まれたばかりの頃から知っている。夏休みは必ず私の実家に真希の家族が泊まりにきて、海水浴に行った。小学生になったばかりで泳げない真希を海に放り投げ、母親に怒られた。おばさんは溺《おぼ》れている真希を見て、笑っていた。おじさんに助け上げられて、顔中の穴から涙や鼻水や海水を流していた姿をはっきりと思い出せる。変な男がつかないように見張っておいてとおばさんから言われているが、彼氏ができるなんて思ってもいなかった。できて当たり前という歳だけれど、おかしい感じがする。でも、公太君の隣にいる真希を見たら、もう子供ではないんだと思った。彼のことを見つめる姿は、幸せそうではなかった。

男前すぎる彼氏というのは、大変なこともあるだろう。どうなっているのか話を聞きたいが、説教してしまいたくなるから聞かないでいる。お金を貢《みつ》がせるとかはないみたいだから、おばさんが言う変な男というほどではない。

「気をつけて帰ってね」リビングに置いたままだったバッグから財布を出し、千円渡す。

真希は西荻窪に住んでいる。前は自転車で、うちまで来ていた。電車だと乗り換えが二回必要になるが、自転車ならば環状八号線をまっすぐ走ればいい。アルバイトでは生活できるギリギリしか稼げないらしく、節約のためにできるだけ自転車を使っているようだ。環八は大きな通りだから危ない目に遭う心配はないかもしれないけれど、夜道を帰らせるわけにはいかない。うちに来た時には、交通費として千円渡すようになった。翔太とヒナの子守をしてくれたことを考えると、もっと渡すべきかもしれない。

でも、お金を渡すと、見下しているような気持ちになり、これ以上渡すのは親戚でも失礼な気がした。

「ありがとう」私の手から千円を受けとり、真希はポケットに突っこむ。

「お財布に入れなさいよ」

「後で、入れる」

「落とさないようにね」

「落とすわけないじゃん」リュックを背負って、玄関に出てスニーカーを履く。

キャンバス地のスニーカーは、もとは白かったはずだが、灰色になっている。新しい靴を買ってあげると言っても、いらないと言われた。雨が降ったら、水が染みこんで大変だろう。

「靴、買えば」

「まだ履けるもん」

「来月、梅雨になったら、それじゃもたないでしょ」

「雨は大丈夫。雪はしんどかったけど」

「そんな靴履いていて、公太君は何も言わないの」

「お互いに貧乏だからね」

「そう」

「じゃあ、また来月」

「じゃあね」

玄関を出てエレベーターに乗るところまで、真希を見送る。

家の中に戻り、玄関の鍵をかける。

お風呂に入ろうと思ったが、リビングのソファーに座って、ぼうっとしてしまう。

バラの香水のかおりがするはずがないのに、鼻の中に蘇《よみがえ》ってくる。

女優になる夢は叶わないだろうし、お金がなくて靴も買えない生活は大変だと思っても、真希が羨ましくなる時がある。

若さを羨んでいるわけではなくて、自由さが羨ましい。

公太君が浮気をしたら、真希は怒って別れることができる。西荻窪のアパートを引き払って実家に帰っても、親戚中が大騒ぎするほどの話にはならない。夢を諦めて就職するのも、夢を追いつづけるのも、自分の意志で好きなことができる。

私は、今みたいな生活をしたかったわけじゃない。

できれば会社でもっと働きたかった。就職した時には、三十歳になるまでは働くつもりだった。恋愛しても結婚は三十過ぎて、会社である程度の地位を築いてからでいいと考えていた。会社には子育てしつつ、仕事でも活躍している女性社員が何人かいて、彼女達のようになりたかった。地元にショッピングセンターができたらいいと思い、夫がやってくるような仕事をやりたくて、就職活動でも誰にも負けないように努力した。仕事ができる方だったという自負もある。

結婚して、専業主婦になるならば、実家みたいに山と海に囲まれた町で子育てをしたかった。子供達にはスポーツクラブのプールではなくて、海で泳がせたい。泳ぎは私が教える。高い月謝を払ってピアノ教室に行かなくても、近所に住むお姉さんが家でやっている教室で安く教えてもらえる。真希にお金を渡す時に後ろめたい気持ちになるのは、このマンションのせいの気がする。実家だったら、子守のお礼にお金を渡すことはなくても、畑で採《と》れた野菜や果物を渡すことはあった。

　私立の小学校や中学校なんて山の向こうまで出ないとないから、お受験のことも考えなくていい。中学受験のためには、小学校三年生か四年生のうちには塾に通わせた方がいいらしい。六年生になってからでもいいという話も聞くが、噂や情報が多すぎて、何がいいのかわからなくなる。うちの子は中学校までは公立でいいと思っていたのに、お義母さんやママ友の話を聞いていたら、私立に入れた方がいい気がしてきた。翔太が幼稚園の時、私立の小学校をお受験させたいと私が言い、そんなことはしなくていいと言う夫と揉めたが、自分がどうしたいのかわからなくて、なんのために揉めているのかもわからなくなった。ヒナもお受験のお教室の見学には行った。翔太の時はお受験なんてしなくていいと言っていたお義母さんが、女の子は小学校から私立の方がいいと言い出したので、今度は私が公立でいいと言って揉めた。

　翔太とヒナはかわいい。

　かわいくないと思ってしまう時もあるし、いなくなればいいのにと考えてしまう時もある。でも、本当にいなくなってしまったら、私は生きていけない。

結婚する前に望んでいた生活が手に入らなくても、翔太とヒナがいるから、私は幸せだ。お義母さんだって悪気があるわけじゃなくて、子供達をかわいがってくれている。夫も仕事が忙しい中で、子供達との時間を作ろうとしてくれる。

保育園の待機児童の多さに気がついた時に、このマンションからは引っ越せないのだから専業主婦になろうと決意した。仕事をつづけていいと言いながら、夫は私が専業主婦になることを望んでいた。

パパとママというだけの関係になってしまっても、夫のことを愛していたから、自分の望みは捨てても彼についていこうと思えた。夫にだって、私に対する愛情があるはずだと思っていたからだ。

リビングとダイニングの家具や雑貨は北欧ブランドのもので揃えた。雑誌に出てくる部屋みたいだと、よく言われる。こんなもの、全然好きじゃない。

外の廊下から足音が聞こえる。夫の足音だ。

玄関に出て、外から開く前に、鍵を外してドアを開ける。

「ただいま」夫は驚いた顔をする。

「おかえりなさい」

「どこか行くところだったのか？」

「ううん。足音が聞こえたから。子供達が寝てるし、出かけられるはずないでしょ」

「そうだよな」玄関に上がり、靴を脱ぐ。

寝室に行く夫の後ろについていく。

バラの香水のかおりがした。

思わず、後ろからスーツのジャケットを引っ張ってしまう。

「何？」さっきよりも驚いた顔で、夫は振り返る。

「どこに行ってたの？」

帰りが遅くなるから夕ごはんの準備はしないのが普通になってしまい、夫は遅くなる理由をメールしてこなくなった。付き合いで飲みに行ったことを責められるみたいで嫌だろうと思ったから、私もどこで何をしていたか聞かないようにしている。

「仕事だよ」

「仕事って？」

「残業」

「会社にいたの？」

「そうだよ」

私の手を払いのけ、夫は寝室に入っていく。

夫と里奈ちゃんは同じ部署だから、二人で残業していれば、かおりがつくこともあるだろう。でも、里奈ちゃんは夕方に駅前にいた。彼女の家は上野毛のはずだ。二子玉川から大井町線で、一駅だ。買い物をした後で会社に戻ったとは思えない。それに残業だったら、こんなにかおりが付くほど近付くことはない。彼女に香水をふりかけられたんじゃないかと思えるくらい、強くかおる。

私も寝室に入り、ドアを閉める。

「今日、駅前のショッピングセンターで里奈ちゃんに会ったの」

「そうか」ジャケットを脱ぎながら、夫は答える。

「翔太が迷子になって一緒にいてくれたから、お礼を言っておいて」

「ああ」脱いだジャケットを私に渡してくる。

手にかおりが付きそうだ。

「私が何も気がついてないなんて、思わないで」

「何？」

「子供達のためと思っても、こんなことされたら、がまんできない」

夫の顔にジャケットを投げつける。ジャケットは、床に落ちた。

「……ごめん」

ドアが開く。

半分眠っているような顔で、ヒナが入ってくる。

「どうした？」夫がヒナに聞く。

「おしっこ」

「そっか。じゃあ、パパとトイレに行こうな」

「うん」

ヒナを連れて、夫は寝室から出ていく。

一昨日の夜、私は子供部屋で眠った。昨日の朝、土曜出勤する夫から、また「ごめん」と言われた。何も言い訳しないことは潔《いさぎよ》いと思えたけれど、謝られただけでは許せない。そして、「彼女とは別れる」と言ってくれなかったことに、不安になった。

離婚することになったら、どうしたらいいのだろう。

向こうが悪いのだから、翔太とヒナの親権は渡さなくていいし、慰謝料や養育費だってもらえる。父親と母親もまだ元気だから実家に帰れば、暮らしていける。でも、翔太は転校したくないと言うだろう。ヒナは、近くにデパートもショッピングセンターもない町には住めないかもしれない。何よりも、パパと離れて暮らすことを理解してくれると思えない。

心配になるのは子供達のことだけで、自分の気持ちがわからなかった。

一日中悩んでいたが、夫は夕方に帰ってきた。子供達と一緒にごはんを食べて、お風呂に入って、眠るまで遊んでいた。たった一日のことでごまかされないと思ったけれど、それが夫の意思表示だと思っていいだろう。

今日は予定通りに朝からゴルフに行ったが、家を出る時に「なるべく早く帰る」と言ってくれた。

「ただいま」友達と遊びにいっていた翔太が帰ってくる。

「おかえりなさい」お人形さん遊びをしていたヒナが顔を上げる。

リビングの床に人形の家や洋服や靴が並んでいる。アクセサリーもあり、細かいものもよくできている。

「おかえりなさい」

玄関まで出ようとしたら、翔太はリビングに駆けこんできた。

「パパは？　パパ、帰ってきた？」

「まだよ。もう少しじゃないかな」

五時を過ぎている。箱根《はこね》の方まで行っているはずだ。高速が渋滞していたら、時間がかかるだろう。

「キャッチボールするんだ。約束したんだよ」

「いつ、約束したの？」

「今日の朝」

「そう。手洗いとうがいしてきなさい」

「うん」翔太は洗面所まで走っていく。

夫がゴルフに行く準備をしている間、翔太はリビングのテレビでアニメを見ていた。その時に約束したのだろう。

急にいいパパになって、過剰な家族サービスをされても困るが、反省して考え直してくれたようだ。仕事はできても、人間関係が器用な人ではない。

それなのに、どうやって里奈ちゃんを口説いたのだろう。彼女の方から言い寄ったのかもしれない。キレイな顔をして、男性よりも仕事ができて、給料が高い。そういう女の子は意外ともてない。花火大会でうちに来た時も、彼氏はいないと話していた。夫がかわいがっている部下の結城君と仲良さそうにしていたけれど、結城君は先月別の女の子と結婚した。

「パパ、早く帰ってこないかなあ」廊下を走って、翔太はリビングに戻ってくる。

「待っている間に、宿題やっちゃいなさい」

「もうやったよ」

ソファーに座り、翔太はテレビをつける。テレビを見せないようにしていた時もあったが、最近はどうでも良くなってしまった。いくつまではテレビを見せない方がいいという説がたくさんありすぎて、いくつになったら見せていいのかわからない。子育てツールとして使えると言う人もいる。夕方放送されているアニメくらい好きに見ればいい。

これからは翔太とヒナのやりたいことをやらせて、伸び伸び育てていこう。夫は里奈ちゃんと別れると思って良さそうだし、協力してくれるだろう。

不倫を許したわけじゃないけれど、パパとママがけんかしていたら、子供達は気を遣う。

大事なのは私自身ではなくて、翔太とヒナの心だ。

「ヒナもキャッチボールやりたいな」お人形さんを広げたまま、ヒナは翔太の隣に座る。

「ダメだよ。ぼくがパパと約束したんだもん」

「ヒナもやりたい」

「できないよ、ヒナには」

「テレビ見るなら、お片付けしなさい」ヒナに言う。

「うん」不満そうな顔をしながらも、お人形さんを箱にしまっていく。

二人のことを見ながら、ベランダに出る。

風が強くて、洗濯物のタオルが飛びそうだった。

雨が降るのかもしれない。河原の草がざわめいている。

さっきまで、バーベキューをやっている家族連れや野球の試合をやっている小学生の男の子達がたくさんいたが、帰ったようだ。

川沿いに高校生や大学生くらいのカップルが並んで座っている。犬の散歩をする人が土手の上を歩いていく。

乾いた洗濯物をカゴに入れる。

犬の散歩をする人達に紛れるように、一組のカップルが歩いている。夫と里奈ちゃんだ。手を繋いでいた。

見られているなんて、思ってもいないだろう。

前に夫と手を繋いだのはいつだったのか、思い出せなかった。

ベランダからリビングに戻る。

「あっ」ヒナが声を上げる。

片付けの途中だったお人形さんの靴を踏んでしまった。

小さいのに、痛い。

「ごめんね」靴を拾い、ヒナに渡す。

「ママ、泣いてるの?」

私の顔をのぞきこんでヒナが言い、翔太も心配そうな顔をして私の方に来る。

「泣いてないよ。ママは泣かない」二人のことを抱きしめる。

上野毛
かみのげ

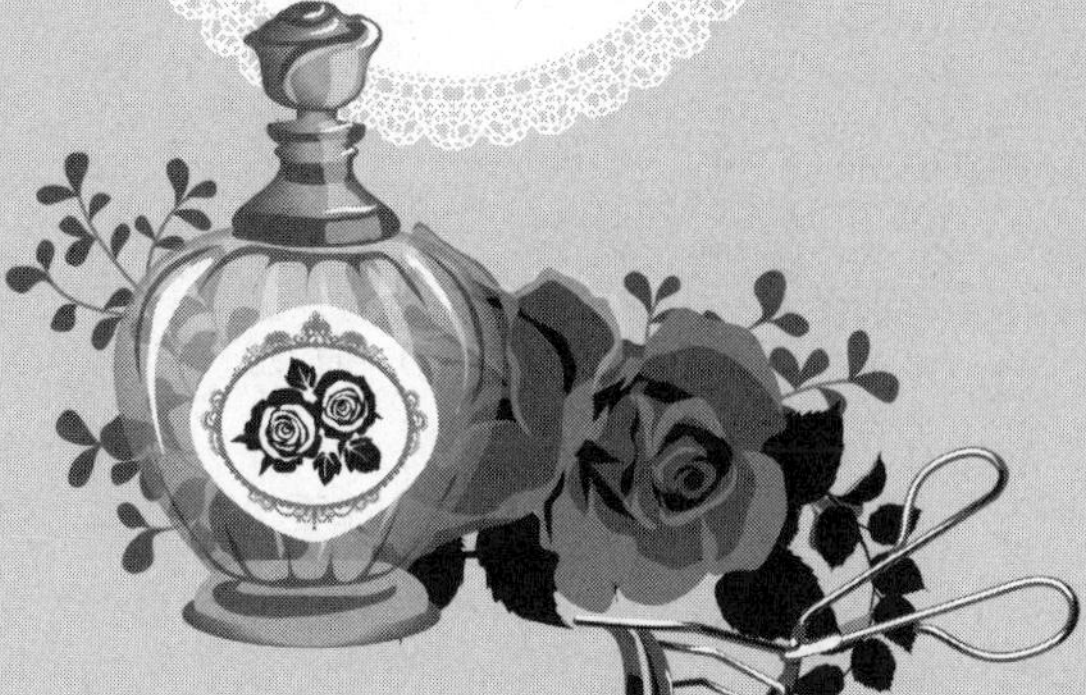

目覚ましが鳴るより前に、雨の気配で目が覚めた。

ベッドから出てカーテンを開けると、やっぱり降っていた。

六月になったばかりだから、梅雨入りするには早いだろう。

遠くの空まで灰色で、時間がわからない。ベッドの横の本棚に置いた携帯を見ると、五時を過ぎたところだった。起きるには早いが、眠れそうにない。

寝室を出て洗面所に行き、鏡を見る。

眠りの浅かったことが顔に出ている。もうすぐ三十歳になるからといって、老けたとは感じない。ジムに通って身体を動かし、月に一回は美容院に行き、二週間から三週間に一回はネイルサロンに行く。どんなに仕事が忙しい時でも、自分自身のことをおろそかにしない。それでも、どうしようもないと感じることはあった。睡眠が充分にとれないと、肌が荒れる。顔色が悪くなり、艶がなくなる。水分や脂《あぶら》分がバランス良くいき渡らなくなるのか、吹き出物が出る。唇の左下が赤く腫れていた。

水分も脂分もこれ以上失わないように、洗顔フォームは使わず、ぬるま湯でさっと顔を洗う。清潔なタオルで拭き、化粧水をたっぷり染みこませる。乳液で顔だけではなくて首までマッサージして、吹き出物ができているところには美容液を押しこむ。太陽が出ていなくても、日焼け止めは欠かさない。

これで大丈夫と思って鏡を見ても、ハリがない。

起きないで、ベッドに戻ればよかった。眠れなくても、目をつぶって布団の中にいればいい。でも、そうしていると考えなくていいことを考えてしまう。

リビングに行き、カーテンを開ける。

ベランダの向こうに見える街路樹が風に吹かれて、葉を震わせている。台風が来るのだろうか。部屋の中は薄暗い。玄関の方は真っ暗だ。よく見えないせいか、いつもより更に広く感じる。

このマンションには、二年前に引っ越してきた。

大学を卒業して社会人になっても、1Kのアパートにずっと住んでいた。洋服や靴やバッグ、海外ドラマのDVD、こだわって買い集めた食器や調理器具が六畳の部屋と三畳の台所に収まらなくなった。給料も上がってきたから広い部屋に引っ越そうと決めた。この部屋を見つけた時には、上野毛で1LDKあるのに家賃も手ごろで、周りに自然があり、いい物件を見つけたと思った。築年数は経っていたが、リフォームされているから中は綺《き》麗《れい》だ。寝室の壁一面がクローゼットになっていて、台所の収納も多い。

でも、一人で住むのに、1LDKは広すぎる。

引っ越してきてしばらくは、持ち物がすっきり収まり、ベッドの横でごはんを食べなくてもよくなり、満足していた。銀座にある会社までの通勤には乗り換えが必要で、少し面倒くさいと感じたけれど、それくらいどうでもいいと思えた。同時期に、希望していた部署への異動が決まり、人生が充実していると感じた。それなのに、「寂しい」と一度思ってしまったら、止まらなくなった。

隣の部屋には、私と同世代の新婚夫婦が住んでいて、下の部屋の夫婦には春に赤ちゃんが生まれた。同棲している人達もいる。一人暮らしの人もいるが、二人でいる人達ばかりに目がいく。子供の泣き声がうるさくてごめんなさいと言われた時には、嫌味かなと思ってしまった。

雨も風も強くなっていく。

どんなに天気が荒れても、電車が止まらないかぎり、会社に行かないといけない。

こういう時にずる休みできたり、遅刻できるような性格だったら、誰かが私を守ってくれるのだろうか。

守ってほしいなんて思っていないけれど、一人でいたくない。

部屋の中にいるのに、雨に降られているように感じる。

身体の中に雨水が溜《た》まっていき、溢れ出す。止まらずに、部屋の中にも溜まっていく。

「ダメだ」声に出して、言う。

一人暮らしの部屋でひとり言を言うなんてヤバいとは思うが、こういう時はちゃんと声を出した方がいい。そうしないと、寂しさが心を蝕《むしば》んでいく。

窓を少しだけ開けて、リビングに風を通す。

寝室に行き、ベッドをセットし直す。誰が来るわけでもないし、誰に見られることもないけれど、だらしなくしてはいけない。窓を少しだけ開けて、寝室にも風を通す。

冷たい風が、部屋中の生温《なまぬる》く停滞した空気をかき混ぜていく。

出勤する頃になっても、雨はやまないだろう。

足下は濡れても平気なパンプスにしよう。今日は一日中社内にいる予定だからパンツにしたいが、泥が跳《は》ねたら嫌だからスカートにする。ネイビーの膝上丈のフレアスカートで、白のシャツを合わせる。じめっとした天気の日こそ、爽やかな色合いの服を着る。

着るものが決まったら一気に、Tシャツとショートパンツを脱ぐ。

クローゼットの扉が鏡になっている。

裸になった全身を映す。

足も腕も細すぎない程度に肉がついていて、形がいい。胸は下がっていなくて大きく膨《ふく》らんでいる。ウエストはくびれている。

顔は、かわいいとも美人とも言える。

だから、大丈夫だ。

私はこんなに綺麗なんだから、大丈夫だ。


地下鉄の駅から出たら、坂本係長が前を歩いていた。

傘をさしていても、後ろ姿ですぐにわかる。いつも怠《だる》そうに歩いている。怠いわけではなくて、ぼうっとしているんだ。母親に甘やかされて育ったおぼっちゃんで、今は奥さんがなんでもやってくれるから、ものごとを深く考えたことがない。

直属の上司に対してこんな風に思うのは失礼だ。けれど、私は半月前まで坂本さんと不倫していた。

追いついて「おはようございます」と、声をかけるのは気まずい。会社では上司と部下として話せても、外ではどう振る舞えばいいのか迷う。付き合っている時は気まずそうな坂本さんを見るのがおもしろかった。今は、嫌な顔をされるだろう。

しかし、適度に距離をあけて会社まで歩くのも気まずい。

特に買いたいものはないが、コンビニに寄る。

雨のせいで、床がすべる。

レジには、出勤前にサンドイッチやおにぎりやコーヒーを買う人が列を作っていた。店員は床の掃除まで、手が回らないのだろう。朝ごはんは食べてきたから飲みものでも買おうと思ったけれど、並びたくない。飲みものくらい、会社の購買で買えばいい。店内を一周したら、出よう。

「中西《なかにし》！　中西！」列の方から呼ばれる。

同期で同じ部署の結城君が並んでいた。入社当時は違う部署だったが、結城君も私も異動して、二年前から同じ部署になった。

「おはよう」結城君のところに行く。

「なんか買うの？　レジ、一緒にやるよ」手にサンドイッチを持っている。

「買わない」

「じゃあ、何してんの？」

「何もしてない」

「何、言ってんだよ」呆《あき》れた顔をして、笑う。

「買おうと思ったんだけど、いいや」

「持ってこいよ」

「いいのか？」

「うん。それより、私と話してるとまずいんじゃないの？」

「なんで？」

「だって、奥さん怒ってんでしょ？」

「ああ、うん」暗い表情になる。

結城君は四月に三年間付き合った彼女と結婚した。彼女は、新宿にあるデパートのインテリアショップに勤めている。写真を見せてもらったが、いかにもインテリアショップに勤めていますという感じの女の子だった。化粧も服装も、ナチュラルにまとめている。普段の生活も自然派志向で玄米食べたりするんだろうなと思ったら、料理は全くできないらしい。得意料理のカレー以外を作ろうとすると、失敗する。料理だけではなくて、家事全般が苦手なようだ。

四月に大阪出張に行った時に結城君は新幹線の中で、そんなことをずっと喋りつづけた。愚痴《ぐち》っぽい口調だったが、のろけだ。同期の友達だから黙って聞いてあげたけれど、新大阪駅に着く頃にはイライラがピークに達した。一泊二日の出張中は何も言わず、帰ってから〈大阪、楽しかったね〉と、奥さんが見たら疑うだろうと思えるメールを送ってみた。

見事に奥さんに見られたようだ。出張中は別々に動く時間があって電話で連絡を取ったため、私からの着信も何件か残っていた。その上、結城君は入社前の新入社員親睦《しんぼく》会で大学生のノリのまま、私のことを苗字ではなくて下の名前の里奈で携帯に登録して、未《いま》だに変えていなかった。これは、私が悪いわけじゃない。

奥さんに「元カノじゃないの？」「不倫してるの？」「他に女がいるの？」と詰め寄られて泣かれ、大変なことになったらしい。説明してわかってもらえたようだが、疑いが晴れたわけではないのだろう。残業で遅くなる時も、結城君はマメに連絡を入れている。

しかし、大変だったとか、おかげで九月に結婚式でハワイに行ったらプレゼントを買う約束をさせられたとか話す姿も楽しそうで、またイライラした。

「まだ怒られるの？」

「最近はおさまったけど、たまに不機嫌そうにしてんだよね。でも、結婚したら女の人は怖くなるって聞くし、メールのことは関係ないんじゃないかな」

奥さんのことを思い出しているのか、結城君の顔がにやけていく。

私は、結城君の前の彼女も、その前の彼女も、更に前の彼女も知っている。恋愛に対して不真面目というわけではないが、彼女よりも仕事や友達との付き合いを優先させていた。結婚するなら家のことをやってくれる人じゃないと無理、と言っていた。彼女と知り合って考えが変わったらしい。

もともと彼女は、うちの会社のモデルルームで受付のアルバイトをしていた。結城君は、前の部署では高層マンションの開発を担当していて、モデルルームにもたまに様子を見にいった。社食で会った時に、「受付の子がすごいかわいい。理想をそのまま表したみたい」と言ってきた。写真で見た限り、そこまでとは思えないが、理想は人それぞれだ。普段の結城君はおとなしいというわけではなくても、はしゃぐことはない。男子中学生みたいに騒いでいる姿に、ちょっと引いた。アルバイトの子に手を出したらいけないと言い、付き合うまでに一年かけた。うまくいかないと思っていたから「付き合うことになった」と、報告してきた時にはビックリした。

そして、落ちこんでいる自分に気がついた。

「先に会社、行ってるね」結城君に言う。

坂本さんも、もう会社に着いた頃だろう。

「なんで？　一緒に行こうよ」

「一緒にいたら、また疑われるよ」

「ここで歩いていても、見られたりしないよ。ちょっと待ってて」

順番が来て、結城君は会計を済ませる。レジ横の機械で、コーヒーを淹れる。

「コーヒー買わなくても、会社で飲めるじゃん」

「これがうまいんだって」

「無駄遣いして、怒られないの？」

「怒られないよ。でも、早く子供欲しいし、金は貯めないと。贅沢できるのも今のうち」

「子作りしてんの？」

「そういうこと朝から聞くなよ」

「ああ、ごめん」

「してないよ」

「そうなの？」

子供が生まれた後のことを考えて、結城君は代々木から小田急線の千歳船橋に引っ越した。千歳船橋と上野毛は同じ世田谷区だ。環状八号線を走るバスで繋がっていて二十分くらいで行けるけれど、一時間に三本しかない。電車で行こうとすると、二回は乗り換えが必要で四十分くらいかかる。近いのに、遠い場所という感じがする。世田谷区は日本で一番、保育園の待機児童が多い。奥さんは今もインテリアショップに勤めているが、いつか専業主婦になるのだろう。

「子供は結婚式が終わってから。ハワイまで行かないといけないし、ウェディングドレスをかわいく着たいんだって」

「ふうん」

避妊はしても、セックスはしているということか。新婚なんだから、毎晩やり放題だ。二年間同棲していたから結婚しても変わらないと前に話していたが、引っ越して環境が変われば気持ちも変わる。私のメールが原因でけんかして、逆にいつもより激しいセックスをした夜もあったんじゃないかと思う。その時にうっかり子供ができて、ハワイで結婚式できなくなればよかったのに。

「行こう」結城君は、コーヒーを取る。

「うん」

「雨、やまないのかな？」

「今日は、やまないんじゃない？」

「このまま、梅雨入り？」

「それには、ちょっと早いでしょ。あっ！」床に足をすべらせる。

「大丈夫？」

コーヒーを持っているのとは反対の手で、結城君は私の身体を転ばないように支えてくれた。

「大丈夫」

結城君の手は大きい。身長も、女子の中では大きい方の私がヒールを履いても見上げられるくらい、高い。

「中西は、意外とぼうっとしてるからな」私がまっすぐに立ってから、手を離す。

「そんなことないよ」

「いいんだぞ。俺の前では、仕事できますキャラじゃなくて」

「そうやって、ライバルを蹴落とす気？」

「ライバルじゃないじゃん。同じ部署の仲間だろ？」

「私は、結城君よりも先に出世するから」

「はい、はい」

コンビニから出る。雫《しずく》が飛ばないように、結城君は私が立っているのとは反対側に向かって、傘を開く。

会社まで、並んで歩いていく。

部署が違った時も、結城君とはずっと同じフロアにいた。ランチに行ったり、飲みに行ったり、入社前の親睦会の頃からずっと友達として仲がいい。坂本さんとのことはさすがに話せないけれど、それまではなんでも話していた。恋愛として好きだと思ったことはないのに、そのうち付き合うことになる気がしていた。たくさんの人と付き合って、最終的に落ち着く場所だろうと考えていた。

結城君は仕事ができるし、優しいし、私のダメなところもわかってくれる。見た目は少し地味でも、結婚相手としては理想的だった。

きっと、私の理想をそのまま表したら、結城君みたいになる。

でも、結城君は私に対して、そんなこと少しも考えていなかった。私達はこの先ずっと何があっても、友達のままだ。

会社に着いたら、坂本さんは自分でコーヒーを淹れようとしていた。

給湯室まで行かなくても、フロアの中央にコーヒーメーカーが置いてある。いつもは朝いちに、派遣の女の子かアルバイトの誰かがボタンを押せばコーヒーが出るようにセットしておくのだが、今日は誰もやっていないようだ。坂本さんは、コーヒーの粉が入った袋とフィルターを持って、かたまっている。

「おはようございます」横に立ち、声をかける。

「おはよう」坂本さんは、驚いているような顔をする。

しかし、周りから見たら、驚いているようには見えないだろう。感情がわかりやすく顔に出る人ではない。

私も付き合う前までは、何を考えているかわからないし、はっきりしない人だと思っていた。それなのに、奥さんへのアプローチは熱烈だったらしい。奥さんはうちの会社で働いていた。三年下の後輩として入社してきた奥さんに一目惚れして、すぐに告白して断られたが、何度も何度も告白して付き合えるようになったというのは、社内で有名な話だ。

坂本さんの家は二子玉川のマンションで、ベランダから多摩川が見える。河原でのバーベキューの後や花火大会の時に、部下を家に呼ぶ。まだ付き合っていない頃に、私も呼ばれた。北欧家具で統一されたお洒落なリビングだ。奥さんは美人で料理上手で、息子の翔ちゃんと娘のヒナちゃんは奥さん似でかわいい。幸せの見本のような、家族だった。

そんな家族のパパが不倫するのだから、人なんてわからないものだ。

でも坂本さんは、私のことを家族を裏切ってもいいと思えるほど好きで、付き合っていたわけではないだろう。

「コーヒー、私が淹れますよ」坂本さんに言う。

「いや、いいよ。中西さんみたいな女性社員に頼むと、色々とあれだから」

「なんですか？　私みたいな女性社員って？」

「変な意味じゃなくて」

「変な意味？」

「いや、あの、その」

「なんですか？　変な意味って？」

元不倫相手という意味だろう。そういうことじゃなくて、キャリア志向が強い女性社員と言いたかったのだと思う。

うちの会社は男女平等を掲《かか》げているが、男性社員の方が人数が多いし、課長以上になれる女性はごく僅《わず》かだ。総合職と事務職は別に採用試験があり、事務職は女性ばかりで、総合職は男性ばかりが採用される。私みたいな総合職採用のアラサー女性社員は、それだけで怖いとか女らしくないとか言われる。本人の前で言うとセクハラやパワハラになるから陰で言っているつもりだろうけれど、伝わってくる。

「あの、その、ほら」

「コーヒーの粉が入った袋とフィルターを持ったまま、坂本さんはごにょごにょと言う。

「コーヒー淹れるくらい、やりますよ」

「でも、こういうのは」

「派遣の女の子やアルバイトがやればいいとか考えるのこそ、セクハラやパワハラです」

総務や経理は上のフロアにあるから、私達の部署があるフロアに事務職採用の女の子はいない。総合職採用ばかりの中に、産休や育休社員の代理で来てもらっている派遣の女の子や、郵便や文具の管理という庶務の仕事をやる学生アルバイトがいる。コーヒーを淹れたりする雑用は彼女達や彼らにやらせればいいという空気がある。そういうのは良くないと言ったりしてしまうから、私は怖いと言われるのだろう。

「そういうつもりはないんだけど」

「そういうつもりがないから、セクハラやパワハラが起こるんです」

「だから、自分でやろうと思って」

「係長がやっていたら、私達の立場が悪くなります」

「そういうもんかな？」

「上司にコーヒー淹れさせて、コンビニで買ったコーヒー飲んでる部下なんて、現代っ子とかゆとりとか言われちゃうんですよ」

奥にある私達の部署を見ると、結城君がコンビニで買ったコーヒーを飲んでサンドイッチを食べながら、携帯電話を見ていた。結城君だから、他の部署の社員が見ても、ＳＮＳや遊びのメールを見ているわけじゃないとわかってもらえると思うが、良く思わない人はいる。

「そうなのかなあ？」

「はい。それに、コーヒーの淹れ方、わからないんですよね？」

「ああ、それは」

「間違った淹れ方したら大変なので、やりますよ」

「じゃあ、お願いします」

「はい」コーヒーの粉が入った袋とフィルターを受けとる。

「悪いな」

　坂本さんは奥にある私達の部署に行き、席に着く。結城君と何か話し、仕事をする顔に変わっていく。ぼうっとしているくせに、仕事はできる人だ。来年か再来年には課長になり、いずれ部長になる。だからといって、私はそういう姿が好きだったわけではない。

　コーヒーの粉が入った袋とフィルターを置いて、二リットル入る大きな計量カップを持って、給湯室に行く。計量カップに水を汲《く》む。水が溜まっているのを見ていると、頭の中がぼんやりしてくる。ぼんやりしながら、考えなくていいことを考えてしまう。

　何か言葉があって、付き合いはじめたわけではなかった。

　上野毛と二子玉川は、大井町線で一駅しか離れていない。通勤の時に私は大井町線で自《じ》由《ゆう》が丘《おか》に出て、東横線で中目黒まで行き、日比谷《ひびや》線に乗り換えて銀座で降りる。坂本さんは二子玉川から半蔵門《はんぞうもん》線直通の田園都市線に乗って、表参道《おもてさんどう》で銀座線に乗り換える。いつもの通勤の時に会うことはなかったのだけれど、私は早く帰社できた日は二子玉川に買い物に行く。町中にデパートや旗艦《きかん》店が点在している銀座よりも、駅前にショッピングセンターとデパートが密集している二子玉川の方が買い物が早く済む。そういう時、駅やデパートで偶然に坂本さんと会うことが何度かあった。それ以外でも、残業や接待で遅くなった時にタクシーに同乗させてもらったことも何度かあった。その積み重ねの中で好きになったわけでもないけれど、会社から離れたところで上司と会うというのは特別な感じがした。

日曜日に二子玉川のデパートで買い物をして帰ろうとしていたら、坂本さんと翔ちゃんが駅から出てきた。二人で渋谷までアニメ映画を見にいった帰りだったようだ。アニメの感想を私に話す翔ちゃんを笑顔で見つめる坂本さんは、見たことがない表情をしていた。一番愛しいものだけに向けられる表情だった。

そのすぐ後に、会社の飲み会があった。私はお酒に強くて酔っ払うことは滅多にないのに、結城君から彼女の話を聞かされているうちに酔っ払ってしまった。会社の飲み会があっても、坂本さんは少し顔を出す程度ですぐに帰る。その日は、帰らないで最後までいた。後になって聞いた時には、上司として酔っ払っている部下が心配だっただけだと言っていたが、本心は謎だ。タクシーで、上野毛のマンションまで送ってくれて、私の足下がふらふらしていたから部屋まで来てくれた。部屋に入るところを見て帰るつもりだったとも言っていたけれど、それならばタクシーを待たせておけばいい。深夜の住宅街で、タクシーは簡単につかまらない。全ての輪郭が曲がって見えるような頭の中で、タクシーを待たせないということはそういうことかと考えた。

部屋に入って、玄関でキスをした。私からキスをしたのか、向こうからされたのかは憶えていない。自然な流れでそうなったと言っても、その流れはどちらかが作ったはずだ。そのまま、台所でセックスをしそうになったが、寝室に行った。セックスが終わると、坂本さんは慌てて帰っていった。

去年の十一月のことだ。

次の日に会社に行ったら、坂本さんはいつもと変わらない顔で仕事をしていた。昨日の夜のことは酔っ払っていたからとか、勢いとか、雰囲気とか、そういうことだろうと思った。同じ部署の上司と部下なのだから、つづけていい関係ではない。それに、私は結婚がしたかった。

もともと結婚願望が強いわけではない。坂本さんの前に付き合っていた彼氏は私より一歳上だった。結婚の話が出たら面倒くさいなと感じていた。いつか子供を産みたいと思っても、三十歳を過ぎてから考えればいい。一歳上の彼氏とは予想通りに結婚の話になって、私が渋ったら、別れようと言われた。中学校三年生の夏に初めて彼氏ができて上野毛に引っ越してくるまで十年以上の間、彼氏が途切れたことがない。別れてもすぐに新しい彼氏ができると思っていたのに、できなかった。

周りにいる同世代の男のほとんどが結婚しているか、結婚を考えている彼女がいる。そうではない人は、付き合いたくないような人ばかりだ。三十歳になって独身というのは、何か問題がある証拠だ。

このままでは、結婚できなくなると気がついた。結城君が彼女と婚約したとか四月の付き合い始めた記念日に籍を入れるとか騒いでいるのを見ていたら、自分もどうしても結婚したくなった。騒いでいるのが結城君じゃなかったら、そこまで思わなかったかもしれない。しかし、雑誌に書いてあるようなアラサー女子のベタな悩みで胸はいっぱいになり、冷静に考えられなくなった。このまま一生一人だったらと考えると、不安で吐きそうになる。定年まで会社に勤めれば退職金がいくらで、年金もいくらもらえるから一人でも生きていけると、慌てて計算した。

でも、生きていけるとしても、一人ではいたくない。

男の人に養《やしな》ってほしいとは思わないし、孤独死は怖くても死んじゃったら恐怖も感じないし、なんのために結婚したいのかと問われてもはっきりと答えられないが、一人は嫌だ。自分で稼いだお金を自分だけで使い、自分で作ったごはんを自分だけで食べるうちに、世界が狭くなっていく気がする。自分のしっぽを追ってクルクル回りつづける犬になったような気分になる。

だから、不倫なんかするつもりはなかった。あれは一回だけのこととして、忘れようと決めた。けれど、その日の夜に坂本さんは私の部屋に来た。玄関でキスをして、寝室でセックスをして、帰っていった。この時は素面《しらふ》だったから、どちらからキスをしたのか憶えている。私が自分からキスをしたくせに、こんな関係がつづいたらどうしようと思っていた。坂本さんは一週間後にまた来て、それからは週に一回か二回のペースで来るようになった。部屋で過ごす時間は回を重ねるごとに長くなった。ごはんを食べるだけの日もあった。彼氏ができないし、このままでもいいかと思って関係をつづけていたら、先月急に別れたいと言われた。奥さんにばれたらしい。

最後に、普通の恋人同士みたいなデートがしたいとお願いして、日曜日の夕方に多摩川沿いを二人で手を繋いで歩いた。坂本さんの家から見える場所だ。奥さんに見られたらおもしろいのにと思っていたが、どうだったのかは坂本さんに聞けないからわからない。ただ、家庭は円満なままのようだ。

付き合っている間、一度でいいから翔ちゃんを見たような表情で私を見てほしいと思っていたが、笑っているところさえたまにしか見られなかった。いつも、困っているような顔をしていた。

「中西さん、水溢れてますよ」派遣の女の子が給湯室に入ってくる。

「ああっ！」水道を止める。

「わたし、やっておきます」

「いいよ」

「大丈夫です。っていうか、当番だったのに忘れてたんです」気まずそうに言う。

彼女は三月に大学を卒業したばかりだ。気まずそうにしているのを見守る気持ちで見てしまい、自分がおばさんになったように感じた。

「じゃあ、お願い」

コーヒーを淹れるのをお願いして、廊下に出る。

手に持ったままだったバッグから、携帯電話を出す。麻夕ちゃんからメールが届いていた。学生の時に仲が良かった友達の妹という微妙な距離の関係だけれど、友達がフランスにお嫁にいったため、お姉ちゃんの代わりとして慕《した》われている。〈明日の夜に演劇を見にいきませんか?〉という誘いだった。小劇場系の劇団の公演らしい。興味はないが、行ってもいい。

合コンの誘いもないし、世間の平均より年収が高いからお見合いサイトにも登録しにくい。出会いの場を広げるためにも、どんなところへでも行ってみるべきだ。

久しぶりに、ラブホテルなんかに来てしまった。

まだ二十歳という綺麗な顔をした男の子が私に覆《おお》いかぶさり、腰を動かす後ろ姿が天井の鏡に映っている。

この辺りに並ぶラブホテルで一番高い部屋だ。ビジネスホテルみたいな質素な内装の安いラブホテルとは違い、贅《ぜい》を尽くされている。お風呂は露天だし、部屋の中は赤やピンクでこれ以上ないくらいにいやらしい装飾が施されている。ベッドと並んで、なぜかメリーゴーランドがある。最近のラブホテル事情をよく知らないが、こんな風にラブホテルらしい部屋は少ないんじゃないかと思う。彼がここがいい! と言うから、ここにした。高いと思ったけれど、ケチに思われたくなくて、私が出すと言ってしまった。若い女の子を買うおっさんの気持ちがわかった気がした。

せっかくの露天風呂には入らず、部屋に入ってすぐにセックスをすることになった。今日会ったばかりの相手だし、せめてシャワーを浴びてからと思ったが、身体に触られた瞬間にそれどころじゃなくなった。

　大きく足を広げて彼を受け入れている私の姿も、天井の鏡に映っている。間抜けだなと思うが、そんなことどうでもよくなるくらい気持ちいい。頭の中がぼんやりしてくる。思わず声が出そうになり、こらえる。

「声、出してよ」耳元で囁《ささや》くように言ってくる。

「んっ、だって」

「なんで？」胸を強くもなく弱くもなく、揉まれる。

「あっ、ちょっと」

　今日会ったばかりなのに、彼は私がどうしたら気持ちいいかよくわかっているようだ。

「声出してくれないなら、やめるよ」

「やだ」

「恥ずかしいなら、バックにする」

「えっ？」

　自分の身体がどうなってどう動いたのか、簡単に引っくり返されて、四つん這《ば》いにされた。姿は見えないけれど、さっきより激しく動いているのが伝わってくる。

今までだって彼氏以外とセックスをしたことはある。それなりと思える人数の男の人と寝てきた。坂本さんと付き合い出したきっかけだって、セックスをしたかっただけで誰でも良かったという気もする。女にだって性欲はあるが、男の人みたいに一人で処理できるものではない。誰かに抱かれていないと、女ではなくなってしまう。私は他の女の子とは比べられないくらいスタイルがいいし、ちょっとぐらいならば変わったプレイをすることにも躊躇《ためら》いがない。男の人達を満足させてきた自信がある。

せめられるだけで気持ち良くなるのは、初めてだ。頭がぼんやりを通り越して、クラクラする。

「どう？」

「あっ、あっ」声が自然と漏《も》れる。

こんなのAVみたいで、嘘っぽい。そう思っても、声が大きくなるのを止められなかった。自分で自分をコントロールできない。手に力が入らなくて上半身が崩れてくる。もう無理というところで、タイミングを合わせたように相手も果てて、私の身体を潰すように覆いかぶさってきた。その重さが心地いい。

しばらくそのままでいた後、彼は起き上がる。

「見て」無邪気な笑顔で、外したコンドームを私に見せてくる。

「見せないでいいよ」

私も起き上がろうと思ったが、身体が重かった。クラクラが全身に回っている。

「捨てます」拗《す》ねたような顔をして、口を結んでからゴミ箱に投げる。

「かわいい」思わず、言ってしまった。

「里奈さんの方がかわいいよ」

「はい、はい」

かわいいって言われるのは久しぶりだった。十年ぶりぐらいの気がする。顔はかわいいのに、かわいくないと言われることはたまにある。取引先で負けないように発言を強くすると、捨てゼリフのように言われる。二十歳の男の子にかわいいと言われても、バカにされているように感じるが、嬉しかった。

ラブホテルに入る前に、未成年ではないよね？　と確認したら、去年の十二月に二十歳になったと言っていた。名前も聞こうかと思ったが、聞かなかった。年齢も嘘かもしれないし、本当の名前を言いそうにない。本当の年齢が未成年だったとしても、それで脅《おど》そうというタイプではないだろう。そのためのセックスならば、シャワーくらい浴びるんじゃないかと思う。

彼は私の名前を、ここに来る前の飲み会で麻夕ちゃんの友達の貫ちゃんに聞いたらしい。

「もう一回やる？　今度は里奈さんが上になってよ」

「やらない」

「なんで？　やろうよ」私の横に寝転がり、抱きついてくる。

「やらない」

「なんで？」

「やらない」

もう終電は出てしまった。明日も仕事だし、タクシーでマンションに帰った方がいい。彼はお金がないみたいだから、朝まで部屋にいられるようにいくらか渡した方がいいだろう。買春したみたいだが、これ以上関わるべきではない。

そう思うのに、触られると抵抗できなくなってくる。手つきの全てが、気持ちいいと思うところを確実に触る。足の間に手を差しこみ、指を入れようとしてくる。しかし、入れずに焦《じ》らす。

「そこはダメだって」

拒否しようとしても、身体を離せない。

「舐《な》めてほしい？」

「ううん」

首を横に振ったのに、彼は私の股間に顔を埋《うず》める。

舌先で舐められている感触が脳まで届く。他の男の人にやられても、あんまり好きじゃないと思うだけだった。でも今は、これだけで充分だ。

「里奈さんのテクニックも見せて」

もう少しというところで、彼は顔を上げて枕元に座る。

「やだ」と言いつつ、目の前に差し出された股間に顔を埋めて、咥《くわ》える。

下半身が震えている。早く入れたい。

こういうことをすると、坂本さんはいつも以上に困っているような顔をした。セックスをするのに、そんな顔をするのはずるい。気持ち良さそうに変わっていくのを見るのがおもしろかった。結城君も奥さんに、こういうことをさせているのだろう。その時、どんな顔をするのか、見たい。あと何年かして子供が生まれて、奥さんとセックスしないようになったら、結城君も不倫するのかもしれない。でも、その相手は私じゃない。こんな時に考えることじゃないのに、結城君の顔を思い出したら、余計に興奮してきた。

「オレのことだけ考えて」彼は私の髪の毛を乱暴につかむ。

乱暴にする加減さえ、よくわかっている。今まで何人の女と寝てきたのだろう。二十歳というのが嘘だとしても、それより上ということはないと思う。全身の肌にハリがある。返事をする代わりに、より深く咥えて舌を這わせる。髪の毛をつかんでいた手から、力が抜けていく。

口を離し、コンドームを着けるのを待ってから、座っている体勢の彼の上に乗る。ゆっくりと入れる。お互いのを舐めた口でも気にせず、キスをする。下から突き上げられて、私の頭はまたクラクラしてくる。

躊躇わずに、声を上げる。

体勢が崩れていき、今までしたことがないような格好になる。


こんなことになるとは思っていなかった。

新宿三丁目にある劇場で演劇を見て、麻夕ちゃんとごはんを食べて帰ろうと思っていた。演劇はよくわからなかったが、おもしろかった。最初から最後まで勢いだけはあった。劇場から出た後に、麻夕ちゃんが出演していた友達の貫ちゃんにあいさつしたいと言うから、待っていた。麻夕ちゃんは生まれも育ちも田園調布で、両親とお姉ちゃんにかわいがられて育ち、二十三歳になってもお姫様みたいだ。純粋さのかたまりという感じがする。私と同じ大学に通っていたお姉ちゃんは遊んでいたが、麻夕ちゃんは彼氏がいたこともない。貫ちゃんの話をするだけで照れているのを見て、好きなんだとわかった。

劇場の前で待っていたら、貫ちゃんが出てきた。お姉ちゃんの代理として、麻夕ちゃんに合うかどうかじっと見てしまった。背は低くても顔は男前だ。小劇場で役者をやってバイトしないと食べていけないというのは気になるが、どうにかなると思えるくらいの好青年だった。紹介されて、私にあいさつした時の声の大きさと爽やかさで、いい子だとわかった。麻夕ちゃんが社会勉強としてバイトし始めた餃子屋で、一緒に働いているらしい。うまくいくといいなと思うけれど、難しいだろう。生活レベルが違いすぎる。

近くの居酒屋で打ち上げがあるから来てよ、と貫ちゃんに誘われて、麻夕ちゃんは大きくうなずいた。私は行かないつもりだったから、帰るねと麻夕ちゃんに言ったら、来てくださいと泣きそうな顔で手を引っ張られた。居酒屋での飲み会なんて不安ですとも言われ、一人にして何かあったらご両親に合わせる顔がなくなる気もして、ついていくことにした。二十三歳なんだから何かあってもいいと思うが、世間一般の女の子とは違う。

出演者の他にスタッフや劇団関係者もいて、居酒屋の座敷席は貸切状態だった。私と年齢が変わらない人もいそうだったが、ノリが若い。大学生の飲み会みたいだった。居場所がないと思いつつ、端に座った。麻夕ちゃんは貫ちゃんを見つめながら、オレンジジュースを飲んでいた。貫ちゃんは主役だったし、知り合いがたくさんいて、あちらこちらに呼ばれていた。帰りたいと思っても、麻夕ちゃんを見ると、言い出せなかった。待っていたら、貫ちゃんは麻夕ちゃんのところに来た。二人でそのまましばらく話していたから、先に帰らせてもらった。割り勘と言われたので、お金を少し多めに置いてきた。

駅まで歩いていたら、男の子が追いかけてきた。受付をやっていた男の子だ。大きな目で、役者よりも綺麗な顔をしているから、憶えていた。何か忘れ物でもしたかと思って立ち止まったら、「ホテル行きません?」と、誘われた。呆気にとられているうちに、彼はタクシーを止めた。乗らないつもりだったのに、手を握られて逃げられなくなった。タクシーに乗ると、目を見つめられた。新宿を離れ、ホテル街に着いたところでタクシーを降りた。劇団関係者に見られるから、新宿のホテルは使えないらしい。

手を振り払って、逃げることはできた。

でも、それよりも、この子とセックスをしてみたいという気持ちがあった。

顔は綺麗だと思っても、タイプじゃない。坂本さんや結城君みたいに、地味な顔をした男の人の方が好きだ。若い男の子も好きじゃない。彼は、キラキラしているのに感情が表れない黒いビー玉のような目をしている。その目で見つめられると、拒めなくなった。

シャワーを浴びた後で、露天風呂にも入った。

一緒に入るかと思ったが、彼は私がシャワーを浴びている間に寝てしまった。寝顔は、子供みたいだ。

露天風呂で、東京の明るい夜空を見ていたら、心がカラっぽになっているのを感じた。私は、高校卒業と同時に徳島の実家を出た。仕事は理想通りにできているが、こんな大人になりたかったわけじゃない。彼とのセックスは今までの人生で一番気持ちが良かったけれど、虚《むな》しさだけが残っている。坂本さんとのセックスは、気持ちいいと思えるほどではなくても、幸せだった。そう思えるくらいに、坂本さんのことを好きだった。マンションに来てくれたことが嬉しくて、困っている顔をずるいと思っても責められなかった。

お風呂から出て帰る用意をしていたら、彼は目を覚ました。起き上がって、ベッドの上に座る。

「おはよう。私、帰るね」

「うん」寝ぼけている顔でうなずく。

「ホテル代、置いておくから。朝までいていいよ」

「うん」

「じゃあね」

「あっ、あのさ」

「何？」

「また会う？」

「会わない」

今日のことを頭が忘れても、身体は忘れないだろう。会いたくなる日が来るかもしれないが、二度と会わない方がいい。

「良かった。オレ、彼女いるから」笑顔で言う。

「そう」

部屋を出て、エレベーターで一階まで下りて、外に出る。

広い通りまで行き、タクシーを拾う。


また雨だ。

朝は降っていなかったのに、降りだした。お昼は外に出るつもりだったが、社食で済ませよう。

「中西、昼メシどうするの？」正面に座っている結城君が声をかけてくる。

「社食、行く」

「俺もそうするから、一緒に行こう」

「うん。これだけ終わらせるから、待ってて」

作りかけの資料を切りがいいところまで進めて、保存する。

「いいよ。行こう」財布を持って席を立つ。

「今日の日替わり、麻婆豆腐《マーボー》だって」結城君も、財布を持って席を立つ。

「そうなんだ。じゃあ、日替わりにしよう」

タクシーで帰って上野毛に着いたのは、四時前だった。三時間は眠れた。身体の芯《しん》に怠さは残っているが、体調はそんなに悪くない。食欲もあった。セックスをして女性ホルモンが活性化されたのか、顔色は良かった。

「そうすると思った。麻婆豆腐、好きだよな」

「そうでもないよ」

「だって、日替わりが麻婆豆腐だと必ず食べるだろ」

廊下に出て、エレベーターに乗る。社食はビルの最上階にある。

「そうかな？」

「そうだよ」

「でも、麻婆豆腐はみんな好きじゃん」

「いやいや、そんなことないって」

エレベーターを降りて、社食の入口前で食券を買う。

「そんなことあるよ」

「ない」

そう言いながら、結城君も日替わり定食の食券を買った。

「自分だって、買ってんじゃん」

「中西見てたら、食べたくなった」

「ふうん」

今の言い方って、なんかいやらしいなと思ったが、言わない方がいいだろう。

カウンターに食券を出して、日替わり定食を受けとってから席に着く。昼休みはいつも混んでいるが、運良く窓側の席があいていた。結城君は窓に背を向ける席に座り、私を外の景色が見える席に座らせてくれる。窓の向こうには、銀座の町が広がっている。入社してから何度も見ているのに、ここから見える景色が好きだ。東京に出てきて仕事していることを実感できる。

しかし、今日は雨のせいで、窓の外は雲に覆われている。

「あんまり、うまくないよな」麻婆豆腐を一口食べて、結城君が言う。

「うん」私も一口食べる。

健康志向が高まっているせいか、社食のメニューは全体的に薄味だ。薄味でもおいしいものもあるが、麻婆豆腐には痺《しび》れるほどの辛さが欲しい。

「前に行った中華、また行こうよ」

「いいの？　奥さんに怒られんじゃないの？」

「それは、気にしなくていいから」

「……でもさ」

「中西とは友達なんだから、いいんだよ」

「そう」

前はよく会社帰りに二人で飲みに行ったけれど、結城君が婚約した頃から行かなくなった。同じ部署で毎日顔を合わせて、出張に一緒に行っても、遊びで飲みに行く時のようには話せない。私が変なメールを送ってしまったせいで二度と行けなくなったと思っていたが、そんなこと気にしなくていいのだろう。あんなメールぐらいで、夫婦の関係は壊せない。

婚姻届という一枚の紙には、私にはわからない決断や覚悟が詰まっているのだろう。愛情なんていう甘ったるい幻想みたいに脆《もろ》くはないのだと思う。

「最近さ、何か悩んでるだろ？」

「悩みは常にあるよ」

「そうだよな。中西は男らしく見られがちだけど、中身は乙女だもんな」

「それはない」

「あるって。俺の方が中西よりも中西のことをわかってる」

「やめてよ。なんか、気持ち悪い」

「俺が結婚したとかそういうのは気にしなくていいから。何かあったら相談に乗る」

「うん。ありがとう」

他の男に言われたらむかつくだけのことも、結城君に言われると安心する。

私が結城君をどう思っているのか、結城君は全く気がついていないだろう。気がついていてこういうことを言うならば、ずるい。けれど、男の人のずるさをわかっていて何も言わない女の方がずるいのかもしれない。

「坂本さんも気にしてた」

「えっ？」

「中西が空回りしてないか？　って」

「空回り？」

「がんばりすぎじゃないか？　ってことじゃん」

「うーん」

別れた不倫相手に対して、空回りはないだろう。でも、元不倫相手としても上司としても、気にしてくれているんだ。

結城君や坂本さんのためにも、昨日みたいなことはやめよう。会ったばかりでまともに話したこともない二十歳の男の子とラブホテルに行ったと話したら、二人がどんな顔するか見てみたい気もするが、心配かけるだけだ。

「それで、何かあった？」

「何もないよ」

「本当に？」

「何もないから、逆に不安」

「どういうこと？」

「マンションと会社の往復で、ジムやネイルサロンに行くぐらいしか予定がないんだもん」

「友達と飲みに行ったりは？」

「ほとんど結婚してる。妊娠中、もしくは生まれたばかりの赤ん坊がいる」

結婚していない友達もいるが、仕事が忙しくて予定が合わない。

「男は？」

「いないよ。要は、それが一番不安」

「もてるだろ？　美人だし、料理もできるし」

「結婚相手に求める条件で、美人で料理ができるって重要？」

「条件じゃないからなあ」真剣に考えている顔をする。

「それに、同世代の男はみんな結婚してるじゃん。不倫か若い男と遊ぶくらいしか、先がない気がする」

言わないつもりだったのに、言ってしまった。細かいことを話さなければ、大丈夫だ。

「変な男とは付き合うなよ」

「付き合わないよ」

「このまま中西が結婚できなくても、俺が遊んでやるから」

そんなこと言っても、子供が生まれたりすれば、女友達なんかどうでもよくなるんだ。

「いいよ」

「とりあえず、定年までは一緒に働こうぜ」

「あと三十年あるよ」

「長いな。人生、長いよ」

「うん」

この会社で、定年までは働かないだろう。先のことはわからないけれど、そんな気がする。

わからないんだから未来のことを考えてもしょうがないし、不安になる必要もない。

お昼前に降りだした雨は、夜まで降りつづけた。

「中西さん」

上野毛の駅を出たところで、後ろから声をかけられた。振り返ると、経理部の小山君がいた。

「ああっ、どうしたの？」

小山君も同期だ。前は同期会をたまにやっていた。それぞれ忙しくなってなかなか集まれなくなった。フロアも違うから、小山君と会うのは久しぶりだ。結城君と小山君は仲が良くて、今もたまに飲みに行ったりしているようだ。

「中西さんこそ、どうしたの？」

「うち、上野毛だから」

「そうなんだ。前は、違うところに住んでたよね？」

「うん。二年前に引っ越してきたの」

「へえ」

「小山君は？　八幡山じゃなかったっけ？」

結城君の奥さんの友達と小山君は付き合っていて、八幡山のマンションで結婚を前提として同棲しているはずだ。社内で回っている噂でも聞いたし、結城君からも聞いた。

小山君は将来絶対に経理部長になる。それだけが理由ではないだろうけれど、事務職の女性社員に人気がある。経理部や総務部の女性社員が重い荷物を運ぼうとしている時には、率先して手伝ってくれるらしい。結婚を前提とした彼女がいるという噂が立った時には、泣いた子もいたようだ。結城君より身長は少し低いが、雰囲気がよく似ている。だから、二人は仲がいいのだろう。

「ああ、ちょっとな」小山君は下を向き、口ごもる。

「何？」

「八幡山に住んでたんだけど……」

「けど？」

「彼女と別れたんだよ」

「えっ？　いつ？」

「別れ話が出たのは三月なんだけど、すぐには別れられないじゃん。一緒に住んでたから」

「うん」

「それで、話し合って、先月別れた」

「そうなんだ。なんで？　とか、聞かない方がいい？」

「いいけど、長くなるよ」

「飲みにでも行く？」

「ごめん。行きたいけど、別れて実家帰ったんだよ。そのまま八幡山のマンションに住もうかと思ったけど、なんか嫌じゃん」

「そうだね」

マンションには彼女との思い出が染みついていたのだろう。私の部屋に染みついている坂本さんとの思い出とは、質が違う。

「部屋を探す時間なくて、とりあえずと思って」

「ああ、実家がこの近くなんだ」

「そう、そう。それで、今日は家で夕ごはん食べるって言っちゃったから」

「いいな。私もごはん作ってくれる人ほしいよ」

「でも、母親だからな」小山君は、笑う。

「いいじゃん」

「今度、飲みに行こうよ。せっかく、近所なんだから。こっちはそんなに遅くなることないから、中西さんに合わせるよ」

「行こう、行こう」

同世代で、独身で、彼女がいなくて何も問題がない男なんていないと思っていたが、意外なくらい身近にいた。勝手に思いこんでいただけだ。

「家、どっち?」

「こっち」私は駅の北側を指さす。

「うちと逆だ。うち、こっちだから」小山君は南側を指さす。

「メールするね」

「こっちからも連絡する」

「じゃあね」

「じゃあ」

手を振り合って別れる。

雲の隙間《すきま》に星が見える。もうすぐ雨はやむだろう。

田園調布《でんえんちょうふ》

貫ちゃんと真希さんが厨房で喋っている。

二人で笑っている。

厨房とホールの間にあるオーダーカウンターの向こう側に二人の姿は見えるのに、遠い。

何を喋っているかまでは聞こえない。

アルバイトをはじめて半年が経った。わたしはまだホールの仕事しかできない。ホールの仕事もちゃんとできない。

餃子のお皿はいつまで経っても熱いし、ラーメンのどんぶりは重い。早口のお客さんが多くて、注文を聞きとれない。

真希さんはたまにホールでシフトに入る日があるけれど、それはどうでもいい。問題は、貫ちゃんだ。貫ちゃんはいつも厨房でシフトに入っている。わたしが働きはじめた頃はホールをやることもあった。でも、最近は厨房ばかりだ。久しぶりにホールに入るという日に限って、わたしは休みだった。せっかく同じ店でバイトできても、全然話せない。

「麻夕ちゃん、休憩行っていいよ」店長が言う。

「はい」

店長は、高卒でフリーターになって、アルバイトから社員になった。そういう人に下の名前で呼ばれるのは、なんとなく気持ち悪い。

「たまには賄い食べれば」

「いりません」

「お腹すいてないの？」

「自分で持ってきました」

「そう」

気持ち悪いと感じるのは、店長がこういう時に浮かべる曖昧な笑顔のせいだ。育ちの悪さや卑屈さが表れている。

「休憩、いただきます」

更衣室に行き、ロッカーから自分のバッグを出す。ホールに戻って、ドリンクカウンターでグラスに水を注ぎ、厨房に行く。

休憩室は厨房の奥にある。

「休憩、いただきます」貫ちゃんと真希さんに言う。

「いってらっしゃい」二人は声を揃える。

白い板の衝立《ついたて》があり、休憩室から厨房は見えない。

テーブルがあって椅子が二つあるうちの奥の椅子に座る。バッグからお弁当箱を出す。

衝立の向こうから貫ちゃんと真希さんが喋っている声が聞こえる。

ゲームの話をしている。

聞こえても、わたしにはわからない話だ。

付き合っているわけでもないのに、二人はとても仲がいい。近所に住んでいて、バイトの後は一緒に帰っていく。どちらかの部屋に泊まることもあるようだ。真希さんの彼氏の公太君と貫ちゃんも仲が良くて、三人で朝までゲームをやったりお酒を飲んだりしているらしい。公太君がいなくて、貫ちゃんと真希さんが二人だけの時もある。男とか女とか意識しないでいい友達だと二人とも言っているが、そんなのおかしいと思う。

「先に休憩、行っちゃうね」衝立の向こうで真希さんが言う。

厨房とホールで休憩が重なる時、真希さんと一緒になることが多い。わたしと貫ちゃんが仲良くなるのを阻止されている気がする。

「いってらっしゃい」貫ちゃんが言う。

炒飯と水が入ったグラスを持って、真希さんが休憩室に入ってくる。

「お疲れさま」

「お疲れさまです」

「お弁当なんだ？」真希さんは、わたしの正面に座る。

「はい」

「自分で作ってるの？」

「いえ、母が」

「そうなんだ」

バイトをはじめた頃は、がんばって店の賄いを食べていた。油っこい炒飯や餃子やラーメンを週に三日も四日も食べたら、一ヶ月もしないうちに肌が荒れて体重が増えた。それから、母がお弁当を作ってくれるようになった。

「店長って、なんとなく気持ち悪くないですか？」

「なんで？　なんかあった？」

「何もないですけど、なんとなく」

「そうかな？」大きく口を開けて、炒飯を食べる。

「育ちが悪いんだろうなって感じですよね。高卒だし」

「高卒は、関係ないんじゃない？」

「でも……」

「貫ちゃんだって、高卒だよ。わたしも短大しか出てないし」

「そうですね」

ここのバイトは、学歴が低い人ばかりだ。

わたしが小学校から高校まで通った私立の女子校から短大に入った友達はたくさんいるけれど、高卒なんて人はここでバイトをはじめるまで会ったこともなかった。

「どうしたの？」

「何がですか？」

「麻夕ちゃんがそういうこと言うなんて、意外だなって思って。疲れてる？　夏バテ？」

「違います」

わたしだって、自分がこんなことを言うようになるとは思ってもいなかった。

胸の中で、言葉にできない感情が黒い渦《うず》を巻いている。

どこか悪いのかもしれないと思えるくらい、胸が重くてギューッと締めつけられる。

換気用の小さな窓が開いていて、蝉《せみ》の鳴き声が聞こえる。

半年前、雪が降る中で想像して、期待したような夏は送れそうにない。

　二十二時にバイトが終わったら、どこにも寄らずにまっすぐ家に帰る。まっすぐと言っても、荻窪にある餃子屋から田園調布までは電車を二本か三本乗り継がないといけなくて、その道のりは曲がっている。環状八号線をタクシーで帰れば、文字通りにまっすぐ帰れる。でも、そういうことをすると貫ちゃんや真希さんに呆れた目で見られる。二人ともわたしに向かって何か言うわけじゃないけれど、わたしがいないところで何か言っているんだと思う。

「ただいま」

「おかえりなさい」

　玄関のドアを開けると、奥のリビングから母が出てくる。

「ただいま」もう一度言い、微笑《ほほえ》む。

「おかえりなさい」母ももう一度言い、微笑む。

　靴を脱いで、家に上がる。

「お弁当、ありがとう」バッグからお弁当箱を出して、母に渡す。

「やっぱり、夜のバイトはやめれば」

「夜のバイトじゃないよ」

「社会勉強は必要だけど、こんなに遅くなるんじゃねえ」

「大丈夫だよ」

廊下を歩きながら、母と話す。

うちの廊下は長い。

家自体が大きくて、一部屋が広い。多分、貫ちゃんや真希さんが住んでいるアパート全体よりも、うちの方が大きい。庭も広くて、季節ごとに庭師のおじさんが来る。生まれた時からこの家に住んでいて、友達の家もうちと同じくらいだから、これがわたしにとっての普通だ。

「髪の毛、傷んでるんじゃない？」

「そう？」

「油のにおいもついてるし」

「しょうがないよ。餃子屋さんだもん」

「もっと違うお店で働けばいいのに。パパにお願いしてみましょう」

「いいよ。パパに頼んだら、社会勉強にならないもの。手洗ってくるね」

わたしは洗面所に行き、手を洗ってうがいをする。母は、お弁当箱を持って台所へ行く。

　去年の春まで、うちにはお手伝いさんが一人いた。

　母はお嫁さんになるために育てられてきたから家事は全てできる。それでも、わたしと姉を育てながら、この家を毎日掃除するのは大変だ。会社経営をする父のお客さまが来ることも多い。お手伝いさんと母が二人で家事を分担していた。今は、母が一人で家中のことをやっている。お手伝いさんを雇《やと》えなくなったわけではなくて、暇なんだと思う。娘二人が大学を卒業して、母にはやるべきことがなくなった。

　六歳上の姉は大学卒業後にフランスに二年間留学した。帰国して一年間は日本で働いていたが、またフランスに渡ってそのまま向こうで結婚した。南仏での結婚式はとても素敵だったけれど、父も母も寂しそうだった。わたしは、大学を卒業しても働かなくていいよと何度も母に言われた。両親に寂しい思いをさせたくなかったから、家にいることを選んだ。姉も姉の旦那さんも父の会社を継ぐ気はないだろう。母のもとで花嫁修業して、わたしは跡継ぎになれる旦那さんをもらわなくてはいけない。

　それが自分の人生なんだと思っていた。

「麻夕ちゃん、お姉ちゃんが送ってくれたお菓子があるけど、食べる？」母が洗面所に入ってくる。

「ううん。明日、食べる。早くお風呂に入りたいから」

髪の毛についた油のにおいを取りたい。

嫌がっている態度を母の前でとると、バイトを辞めるように言われる。だから、髪の毛や肌のことを言われても、しようがないと言って笑うようにしている。けれど、本当はすごく気になる。

自分の髪や、肌や、身体が、内臓から腐っていく。

店で賄いを食べなくても、働いている間中ずっと油のにおいをかいでいる。バイト中はあまり気にならない。でも、家に帰ってくると身体中からにおう。

庭の木々や玄関に飾られた花が、わたしの油くささを際立《きわだ》たせる。

二階へ上がり、自分の部屋へ入る。

バッグはバイト中は更衣室に置いているのに、においがつく。バイトに持っていく度に、クリーニングに出すわけにいかない。染みついたにおいがわたしの部屋に、広がっていく。

窓を大きく開ける。

この町の夜は、静かだ。

誰も歩いていない。

昼間だって、外を歩く人は少ない。電車の駅まで近くてバスも走っているが、住人のほとんどは車で出かけていく。高級外車に乗っているのが当たり前と思っていたけれど、違うのだろう。

最初に貫ちゃんを見た時、そう感じた。

大学生の時の友達に誘われて見にいったお芝居で、狭い劇場だった。十二月の終わりだったのに、暖房をつけると音がうるさいから上演中は消していたみたいで、凍えるほど寒い中で見た。

貫ちゃんが舞台に出てきた瞬間に熱気を感じ、信じていた世界が引っくり返った。


日曜日はバイトが休みになることが多い。

お店は忙しいはずで、働けると希望を出しているのに、外される。

父は朝からゴルフに行った。一日中、家で母と二人でいるのは息が詰まる。前はそんな風に感じたことはなかったのに、最近は話しかけられるだけでイライラしてしまう。

姉の友達の里奈さんに連絡して、二子玉川でランチをすることにした。里奈さんには先月、貫ちゃんの舞台を見にいくのに付き合ってもらったから、そのお礼もしたかった。

「この前は付き合ってもらって、ありがとうございます」お店に向かいながら、里奈さんに言う。

「いいよ。舞台おもしろかったし」

「良かったです」

「また誘って」

「はい」

里奈さんは、膝下丈の紺色のワンピースを着ている。足が長くなければ似合わない丈だけれど、よく似合う。はっきりと体型が出る形ではないのに、スタイルの良さがわかる。

「そのワンピース、素敵ですね」

「そう？」

「はい」

「ありがとう」

先月会った時とは、雰囲気が違うように見えた。

表情が柔らかくて、幸せそうだ。

「ここでいい？」

イタリアンレストランの前で、里奈さんは立ち止まる。

玉川高島屋の裏にあり、日曜日でも満席ではないようだ。駅前のショッピングセンターや高島屋のレストランは、近所に住む奥さん達で常に混んでいる。二子玉川辺りに住んでいる人は、お金持ちぶっている感じがして、苦手だ。

「はい」

お店の中は、白い壁のすっきりした内装をしている。

七割くらい席が埋まっているけれど、大きな声で喋るようなお客さんはいないから、静かだ。

ここも油のにおいがするが、餃子屋のにおいとは違う。油の種類が違うからだろう。オリーブオイルのにおいは、油くさいとは感じない。

入口の横に花火大会のポスターが貼ってあった。

バイトをはじめた頃は、夏になる前には貫ちゃんと付き合うようになって、花火大会に二人で行ったりするんだと夢見ていた。

里奈さんが予約をしてくれていたみたいで、奥の席に通された。

「何にしようか？」店員さんが持ってきたメニューを里奈さんは開く。

「何にしましょうか？」わたしもメニューを開く。

こういう時にわたしは、食べたいものを選べない。

家族でごはんに行く時には、コース料理のことが多い。アラカルトの時でも、父か母が決めてくれた。友達とごはんに行く時も、誰かに決めてもらう。

「ワイン飲んでもいい？　一杯だけ」

「たくさん飲んでもいいですよ」

わたしは、家族といない時にお酒を飲むのを禁止されている。姉は、そんなの気にしないで飲んじゃいなさいよと言っていたが、飲んで帰ったら父も母もわかるだろう。

「たくさんは飲まないよ。今日、夜も約束あるから」

「デートですか？」

「違う、違う」

「でも、男の人？」

「そうだけど、まだそういうんじゃない」

「まだってことは、いずれは？」

「そうなるといいかなあっていうくらい」照れているのか、里奈さんは笑顔になる。

「公太君じゃないですよね？」

「ん？　誰？」メニューから顔を上げて、首を傾げる。

「えっと、この前の舞台の打ち上げにいたんですけど」

「どの子？　いっぱいいたからわかんないや」

「なんでもないです。気にしないでください」

「うん」

「すみません」

「どうして謝るの?」

「えっと」

「大丈夫よ、気にしてないから。適当に注文しちゃっていい？　それで、シェアしよ」

「はい、お願いします」

店員さんを呼んで、里奈さんは注文をしてくれる。

舞台を見にいった後、貫ちゃんに誘われて打ち上げに行った。里奈さんは途中で帰った。公太君は受付の手伝いで来ていて、打ち上げにも参加していた。帰っていく里奈さんを追って、公太君も出ていった。最初に里奈さんを見た時から気にして、貫ちゃんに名前を聞いたりしていたようだ。貫ちゃんは「声かけても、相手にされないだろ」と、笑っていた。でも、そのまま戻ってこなかった。何かあったのかもしれないと思いながら、今日まで聞けなかった。里奈さんは公太君が誰かわかっていないみたいだし、わたしの考えすぎだろう。

ワインを持ってきた後、店員さんはサラダを持ってくる。里奈さんが取りわけてくれる。

「ありがとうございます」

「麻夕ちゃんも、こういうことできるようにならなきゃね」

「はい」

「ごめん。お姉ちゃんみたいなこと言っちゃったね」

「いえ、お姉ちゃんはあんまりそういうことは言いません」

同じ家で育ったのに、姉は中学生くらいの頃から自立心が強かった。女の子だからと母に言われると反発して、高校を卒業したら家を出ると言い張っていた。父とけんかして、家出したこともあった。結局、大学卒業まで家にいたし、留学して帰国してからの一年間も家にいた。でも、帰りはいつも遅かった。心配そうにしている両親を見ていたから、わたしはこうなってしまったのかもしれない。

「お母さんは言う?」

「母も言いません。家事ができるようになりなさいとは言われるけど、ワインをつぐのは男の人がやることで、シェアするのも女の人が率先してやるのはみっともないって」

「そっか、さすが本当のお金持ち」

「そんなことないです。里奈さんだって、お金持ちじゃないですか?」

「私は偽者のお金持ちだもん。ワインつぐのもシェアするのも、接待でやらなきゃいけないから。あっ、でもね、今日会う相手は、会社の同僚だけど本当のお金持ち。麻夕ちゃんのおうちほどじゃないけど」

「会社の人なんですか？」

「同期だから友達って感じだけどね」

「へえ」

「向こうも私も恋愛でちょっと大変な思いした後だから、慎重になってる」

「大変って？」

「ちょっとだけね。向こうは結構大変だったみたい。まだ詳しく聞いてないんだけど。だから、今は友達として色々と話して、付き合うのはその後でもいいかな」

「良かったですね」

　里奈さんがどういう恋愛をしてきたか、わたしは全部を聞いているわけじゃないけれど、いつも辛そうにしているように見えた。姉は、「スタイルが良くて美人というのは、それだけで不幸の種だ」と言っていた。今日の里奈さんは幸せそうで、わたしも嬉しい。

「麻夕ちゃんは、どうなの？」

「何がですか？」

「貫ちゃんと」

「何もないですよ」

「それはないでしょ。何かあるから、舞台見にいったんでしょ？」

「えっと、うーん、なかなかうまくいかなくて」

「そっか」

「はい」

言葉にできない気持ちを笑ってごまかす。

きっと、この後に里奈さんが会う人も、里奈さんのことを好きなのだろう。友達と言っているが、そこには確実に恋愛感情がある。相手の気持ちをわかっているから、里奈さんは幸せそうに見えるんだ。

片想いは不幸になるばかりで、幸せになんてなれない。

せっかく貫ちゃんと休憩が一緒になったのに、うまく話せない。

貫ちゃんは賄いの五目焼きそばを食べ終わった後、テーブルに置いてあった漫画雑誌を読みはじめた。わたしといても、つまらないと感じているのだろう。

「あっ、そういえばさ」貫ちゃんは漫画雑誌から顔を上げる。

「何？」

「あれ、見た?」

「どれ?」

「映画、前に話したじゃん」

「えっと……」

厨房の洗濯機でダスターを洗っていたら、貫ちゃんが話しかけてきたことがあった。

一ヶ月くらい前だ。

バイト前に映画を見てきて、誰かに話したかったようだ。真希さんに話そうとしたら、まだ見てないからやめてと怒られたらしい。わたしは貫ちゃんから話を聞き、見にいってみると答えた。新宿の小さな映画館でしかやっていない韓国映画で、見にいったのだけれど、意味がわからなかった。ヤクザがどうとか、スパイがどうとか、人間関係が入り組んでいてよくわからず、韓国人俳優の顔は見わけがつかなくて、暴力的な描写の多さにも疲れてしまった。

「まだ見てない?　もうすぐ終わっちゃうよ」

「見た。話してすぐに見にいった」

「そうなんだ。どうだった?」

「おもしろかった」

「だよな！」嬉しそうにする。

「うん」

「真希ちゃんも見にいったらしいんだけど、ああいう衝撃の問題作みたいなバイオレンス映画はもう飽きたとか言ってて、そういうことじゃないんだよ。そこにある精神の葛藤《かっとう》とか、その描写の緻密《ちみつ》さとか、ただ暴力的なわけじゃないってわかんないかな」

「うん、うん、そうだね。なんていうか、芸術的な感じがするよね」

「そう、そう。オレはラスト前の主人公がボコボコに殴られて、血だらけの顔で煙草喫《す》うシーンが一番いいと思った。あの横顔に漂う悲しさと決意が、最高」

「あのシーン、いいね」

そんなシーンがあったのかも、よく思い出せない。

後半の一時間くらいは話を理解するのも諦めて、スクリーンを眺めていただけだ。途中で数分だけ眠ってしまった。

「麻夕ちゃんは、どのシーンが良かった」

「えっと、あっ、主人公が息子と再会するところ」

子役がかわいかったからそのシーンだけは、はっきりと憶えている。

「ああ、あそこか」つまらなそうに言う。

貫ちゃんは、感情が出やすい。嬉しい時には表情が輝き、楽しい時には誰よりも大きな声で笑い、悲しいことや寂しいことがあると、すぐに泣く。先月、ずっとバイトしていた人が辞めた。送別会で、貫ちゃんは声を上げて泣いていた。真希さんは「酒癖が悪いだけ」と言っていたけれど、純粋なんだと思う。

舞台に立っている姿を見た時は、貫ちゃんがどんな人かなんて知らなかった。どこで生まれて、どんな家で育って、どういう生活をしているのか何も知らなくても、この人は自分と違うということがわかった。わたしは、人前で怒ったり泣いたりできない。貫ちゃんの表情は、舞台上でクルクル変わった。全身から気持ちが溢れ出していた。そんな人を見るのは、初めてだった。

あれはお芝居だから、普段は違うかもしれないと思ったが、インターネットで貫ちゃんについて調べた。舞台関係の人のブログやツイッターに載っている写真でも、笑ったり泣いたりしていた。会ってみたくて、餃子屋さんまで来てしまった。

バイト募集のポスターが貼ってあって、ここで働こうって決めた。

貫ちゃんがわたしの人生を変えてくれるって、思えた。

自分の人生に不満があったわけではない。花嫁修業して、父と母が決めた相手とお見合いして結婚すれば、それなりに幸せになれる。小学校から高校まで一貫の私立の女子校で、大学も女子大に進んだ。彼氏も男友達もいたことがなくて、自分が恋愛できると思えない。恋をするのはとても大変だろうから、父と母に決めてもらった方がいい。でもその前に、わたしが知らない世界を見てみたかった。

「他に何か、おもしろい映画ある？」わたしから聞く。

「うーん、麻夕ちゃんの趣味に合うようなのはないかな」

「そっか。じゃあ、漫画は？」

「それもなあ」

「ゲームは？」

「するの？」

「しない」

「なんだよ、それ」おかしそうに笑う。

前は、かっこいいと見惚れた笑顔なのに、悲しくなる。

「えっと……」

「それ、口癖だな？」

「何が？」

「えっと、って」

「そうかな？」

「うん、すぐに言う。言いたいことがあったら、躊躇ったり考えたりしないで言っていいんだよ」

「えっと……」

「ほら、また言った」

「ああ、うん」

「オレとだと趣味も合わないし、話しにくいよな。休憩中、無理に話さなくてもいいから。気を遣うだろ？」

「そんなことないよ」

「そう？」

「うん」

バイトをはじめてすぐに、貫ちゃんが「タメ口でいいから」と言ってくれて、友達になれるんだと思った。新人教育係として貫ちゃんがついてくれて、ホールの仕事を教えてもらい、休憩にも一緒に行ってよく話した。話せば話すほど、自分と貫ちゃんとの違いを知った。違うから惹《ひ》かれたはずなのに、広がるばかりの距離の縮め方を知らなかった。その頃の貫ちゃんには彼女がいたが、別れたらしい。今は、彼女はいないはずだ。しかし、わたしと付き合ってくれることはないだろう。貫ちゃんが住むのは、西荻窪のお風呂がなくてトイレが共同のアパートだ。趣味だけではなくて、生活も価値観も違いすぎる。真希さんみたいに、貫ちゃんと笑い声を上げて話すことがわたしにはできない。一緒にいてもつまらなくて、友達にも恋人にもなれない。

なんだか、泣きたくなってきた。

けれど、泣かない。

人前で感情を露《あら》わにすることはみっともないことだと、教わってきた。だから、人前では泣かない。

貫ちゃんを好きになったばかりの頃は、会えるのも話せるのも嬉しくて、その気持ちを抑えられなかった。今は、抑えられるようになった。悲しい、辛いという感情の方が強くなったからだ。

今まで知らなかったような自分の醜《みにく》さばかり、気づかされる。

テーブルに置いてあった貫ちゃんの携帯電話が鳴る。

携帯電話を持って、貫ちゃんは休憩室を出ていく。そのまま、裏口から外に出る。

メールではなくて、電話だったようだ。

最近よく電話している。

相手が誰か、わたしは聞けない。聞いてもわからないだろう。貫ちゃんは所属する劇団以外の舞台に出ることもあって、知り合いが多い。餃子屋にもよく友達が来る。わたしは、たくさんいる友達の一人にもなれない。

休憩が終わってホールに戻ったら、公太君が来ていた。入口に近いテーブル席に一人で座って、わたしに向かって笑顔で手を振っている。公太君とは、あまり関わりたくない。

貫ちゃんは公太君がまだ高校生だった頃からの知り合いらしい。でも、よく知らないと言っていた。真希さんも付き合っているのに、よく知らないらしい。

手を振りつづけているから、公太君のところまで行く。

「こんにちは」公太君が言う。

「こんにちは。今日、真希さんは休みだよ」

「知ってる」

「そう」

話している間ずっと、公太君はわたしの目を見ていて、逸らさない。

真っ黒なコンタクトレンズを入れているんじゃないかと思えるくらい、表情がない目だ。それなのに、水気を帯びてキラキラと輝き、子供の目みたいにも見えた。

とてもいい家で育ったんだろうなという気がする。

いつも笑顔で、人前で感情を露わにすることがない。家族だけではなくて、祖父母や親戚という一族全員に大切にされて、厳しく育てられたのだろう。大切にされすぎることに反発しているのに、反発心の出し方も知らずに逃げ回っている。でも、将来に対する覚悟は決めているのだと思う。バイトもしていなくて、お金がないとか言っているのに、いつも高い服を着ている。買ってくれる女の人がいそうだが、一般の人が気軽に買えるブランドではない服を着ていたこともあった。肩幅も丈も袖もピッタリ合ったオーダーメイドだ。貫ちゃんや真希さんには、あのシャツが一枚いくらするか想像もできないだろう。真希さんのアパートにいつもいて家には帰っていないみたいだけれど、家族から支援してもらっているはずだ。

最初は、公太君のどんな女の人にも愛想が良くて、真希さんと付き合いながら浮気していそうな感じが嫌なんだと思っていたが、違う。

同族嫌悪というやつだ。

「じゃあ、忙しいから」

「どこが？」

お客さんは公太君以外にもいるけれど、すいている。奥のテーブル席に二組いるだけで、どちらもごはんを食べ終わって喋っている。

夕ごはんの時間にはまだ少し早い。

外は、夕焼けで赤く染まっている。

田園調布から荻窪まで環八をまっすぐに走れば、車で三十分くらいだ。そんなに離れていないはずなのに、夕陽の色が違う。ここの方が色が濃くて、キレイだ。

「あいた時間にやらなきゃいけないこともあるの」

「ふうん」

「またね」

「麻夕ちゃんは、いつまでここでバイトするの？」

「なんで？」

「必要ないじゃん。パパは社長なんだから」

「お金のためだけに働いているわけじゃないもの」

「じゃあ、なんのため？」

「社会勉強」

「それには、相応《ふさわ》しい場所が他にあるんじゃない？」

「公太君は？　どうして演劇やったり、真希さんと付き合ったり、貫ちゃんと遊んだりしているの？」

「好きだから。僕は、演劇が好きだし、真希ちゃんも好きだし、貫ちゃんも好きだ」

「そう」

「麻夕ちゃんも、正直に貫ちゃんを好きだと言えばいい。真希ちゃんにだけ言うなんて、卑怯《ひきょう》だ」

バイトをはじめてすぐの頃に真希さんには、貫ちゃんを好きでここで働くことにしたと話した。あの時はまだ、貫ちゃんと一緒に働けて嬉しいという気持ちが強かった。バイトをして、真希さんみたいな学生の時の友達とは違うタイプの人とも仲良くできて、人生が輝いていくような気がした。

「真希さんに言うのが、どうして卑怯なの？　友達にそういう話をしてもおかしくないでしょ？」

「真希ちゃんが貫ちゃんを好きなことに、気づいてないはずがない」

「知らない。真希さんの気持ちなんて、聞いてないもの」

本当は、気がついていた。

最初、わたしは貫ちゃんと真希さんは付き合っているんだと思っていた。それを確かめなきゃいけないと思い、真希さんに「付き合っているんですか？」と、聞いた。「付き合ってないよ」と答える顔が強張り、真希さんも貫ちゃんを好きなのかもしれないと思った。恋愛をしたことがなくても、人の感情に疎《うと》いわけじゃない。誰が誰を好きかくらいは、わかる。その後すぐに、真希さんと公太君は付き合いはじめたけれど、今もまだ真希さんは貫ちゃんを好きなんじゃないかと思う。

「僕の真希ちゃんをあまり傷つけないでほしい」

「公太君がそんなに真希さんを大切にしているとは思えないけど」

「どうして？」

「里奈さんを追いかけていったのは、なんで？」

「君みたいな子供には教えないよ」

「わたし、公太君よりも年上よ」

「男と付き合ったこともないくせに」

「それは……」

関係ないと言いたいが、そうではないこともわかっている。貫ちゃんを好きにならなかったら、わたしは今も家で母に家事を習っているだけだった。

誰かを好きになれば、人は変わっていく。

でも、それがいい変化とは限らなくて、大人になるということとは違う気がする。

「恋愛感情とセックスは、別問題だよ。真希ちゃんとセックスするだけでは、満足できない。一人としかセックスしないなんて、時間の無駄だ」

「真希さんのことは、本気で好きなの？」

「好きだよ。今の僕が付き合う相手としては、ちょうどいいと思っている」

「どういうこと？」

「あと十年か二十年経った頃に、若い頃に付き合っていた女の子として思い出すには、あれくらい普通のつまらない女の子がいい」

「その程度にしか考えていないから、貫ちゃんが真希さんの部屋に泊まっても何も言わないの？」

「僕は信じてるから」

「真希さんを？」

「貫ちゃんを」

「そう」

「貫ちゃんは、若い頃に仲が良かったと思い出すには、もったいない友達だ」

「ずっと仲良くはできない？」

「できない」

「そうね」

公太君の話していることの意味が全てわかるとは言えない。けれど、話すのは楽だ。貫ちゃんと話している時みたいに、考えなくていい。嫌われてもいいからというわけじゃなくて、心の奥が繋がっている感じがする。

「早く貫ちゃんに好きだと言わないと、時間がなくなるよ」

「うん」

「僕より大人の麻夕ちゃんに残された時間は、そんなに長くないはずだ」

「それより、ご注文は？」

「ビールと餃子」

「少々お待ちください」

餃子の注文をオーダーカウンターに通してから、ドリンクカウンターに入ってビールを注ぐ。

夏が終わって誕生日が来たら、二十四歳になる。社会勉強は、二十五歳になるまでと、両親と約束している。二十五歳になったら、お見合いをする。相手は、もう決まっている。政略結婚というほどの話ではないけれど、その人とわたしが結婚すると、父の会社にとっても相手のお父様の会社にとってもいいことがあるらしい。二人兄弟の二男だから、父の会社を継いでくれる。今すぐにでもという話もあったが、相手はわたしより年下で大学生だ。彼が卒業してから改めて、話を進める。

考えごとをしていたら、ビールの泡を注ぐスペースがなくなってしまった。三センチくらい残してレバーの方向を変えて泡を注ぐのだが、五ミリくらいしかない。

公太君だし、このままでもいいだろう。

「お待たせしました」

「何、それ?」公太君は、窓の外を見ていた顔をわたしの方に向ける。

「ビール」

「泡は?」

「忘れちゃった」

「意外と図太いよな」

「だって、公太君だからいいと思って」

「客だよ」

「入れ直してくる」

「いいよ、いいよ。ばれたら店長に怒られんだろ?」

「怒られるっていうか、気持ち悪い笑顔でなぐさめられる」

「何それ?」

「なんか、気持ち悪いんだよね」

「ふうん」

「でも、入れ直すよ」

「いいよ、気持ち悪い笑顔でなぐさめられるところは見てみたいけど、もったいないし」

「じゃあ、どうぞ」ビールをテーブルに置く。

泡のないビールを喰い入るように見て、公太君は笑う。わたしも、笑ってしまう。

わたしが結婚する相手は、今日のわたしを知らない。公太君が結婚する相手は、今日の公太君を知らない。今日のわたし達をわたしも公太君も、思い出の中に封じこめて、いつか忘れる。

部屋で本を読んでいたら、ドアをノックする音が聞こえた。

「何?」

ドアを開けると、母が立っていた。

「話があるから下にいらっしゃい」

「はい」

廊下を歩く母についていく。

姉が出ていってから、二階の部屋を使っているのはわたしだけになった。家族三人では使い切れないくらいの数の部屋がある。こんなに広い家は必要ないと思っても、貫ちゃんや真希さんが住んでいるようなアパートにわたしは住めない。餃子屋で働いて、そのことがよくわかった。一週間くらいは物珍しさで楽しくても、どんなにがんばっても身体に馴染まない。

階段を下りて、一階のリビングに行く。

もうすぐ十時になるのに、父はまだ帰ってきていない。

両親は世間的には仲がいいことになっているが、父には愛人がいる。前は銀座のクラブに勤めている人と付き合っていた。その人には、わたしより十歳下の女の子がいる。男の子だったら、養子にもらうつもりだったようだ。女の子が生まれるより前に父はその人と別れて、今は違う人と付き合っている。母は全て知っているのに、何も言わない。そのことで、姉は父だけではなくて母も責めた。

母が奥のソファーに座り、わたしも正面のソファーに座る。

「どうしたの?」わたしから聞く。

「お見合いのことなんだけど」

「うん」

「来年、相手が四年生になって卒業が決まってからって話になってたでしょ?」

「うん」

相手の卒業が決まってからわたしと彼は会い、半年だけの交際期間をとって、結婚する予定になっている。男の人が二十二歳で結婚というのは早すぎる気がするが、何も知らないうちに決めることを決めてしまおうと父も母も向こうの両親も考えているのだろう。姉みたいに海外に出て、世界の広さを知ってしまわないように。

でも、彼が通うのはわたしが通ったみたいな世間知らずのお嬢様しかいないような大学ではない。在学中に恋人ができたりするのが当然だ。わたしが通った大学だって、友達には彼氏がいた。

「少し早めて、夏が終わる頃に会ってみない?」

「どうして?」

「交際期間は長い方がいいでしょ?」

「だったら、彼が大学を卒業してから何年か付き合うってことでもいいんじゃない? 今は三十歳くらいまで結婚しない人もたくさんいるんだし、そんなに焦る必要ないわ」

「それは、一般人の話でしょ」

「うちだって、一般人よ」

学生の時の友達には、かつては伯爵《はくしゃく》や子爵《ししゃく》だった家の子が何人かいた。その人達だって、今はなんの階級も持っていない。テレビを見ると芸能人がよく「一般人は」とか「一般の方は」とか言うが、そんなのは自分を特別だと勘違いしている人間の思い上がりだ。有名人であることやお金持ちであることを偉いと勘違いしている。母が一般人と思っている人達よりも、わたしは何もできない。

「餃子屋さんで働いて、世間と自分が違うっていうのはわかったでしょ」

「わかったよ」

「先方からね、少しでも早く会いたいって連絡があったの」

相手に何かあり、おとなしくさせるために焦っているのだろう。

「わたしは、会いたくない」

「半年もバイトしたり、お友達と遊んだり、好きにしたんだから充分でしょ」

「充分じゃないよ。わたしはまだ何も知らないもの」

「麻夕ちゃんは、パパとママの言う通りにしていればいいの。それで幸せになれるんだから」

「幸せになれるとは思う。思うけど、それはわたしの人生じゃない」

貫ちゃんに会いたい。

今だけのことだって覚悟していたはずなのに、嫌だ。

知らない人となんて、結婚したくない。

アパートに暮らすような生活はわたしには耐えられない。でも、貫ちゃんと一緒にいたい。あの笑顔や優しさに触れられる場所に、わたしもいたい。

「出かけてきます」

「どこに行くの？」

答えずにリビングを出て、長い廊下を走る。

二階に上がって自分の部屋に行き、バイトから帰ってきたままのバッグを取って、一階に戻る。

「どこに行くの？」母はわたしのバッグを引っぱる。

「はなして！　出ていくの！　わたしもお姉ちゃんみたいにこの家を出る！」

「行かないで！　お願いだから、ママを一人にしないで！」大きな声を上げる。

驚いて、気持ちが冷めてしまった。

母が感情的に声を荒らげるところなんて、見たことがなかった。いつも父の二歩も三歩も後ろにいて、わたしや姉を怒ったことはない。父に愛人がいても、何も感じていないように見えた。

そんなことはなかったんだ。

どうしたらいいか決められず眠れないまま、朝になってしまった。

部屋を出て、一階に行く。

昨日の夜、母はわたしが部屋に戻った後もしばらくは、玄関にいた。父が帰ってきて、寝室に入ったようだ。

まだ父も母も寝ている。

家の中は、物音もしなくて、誰もいないみたいだ。

母の人生は、幸福だったのだろうか、不幸だったのだろうか。

幸福に見えていたけれど、そう見せていただけだ。

わたしもきっと、両親の決めた人なんかと結婚しても、幸せにはなれない。父や母が望むいい子でいる今のわたしだって、幸せではないのだから。

二階に戻って着替えてバッグを持ち、また一階に下りる。

広くて誰がどの部屋にいるのかもわからない家の中で、母がわたしに気がつかなかったことはない。

帰ってきたら、すぐに台所やリビングから出てきてくれた。朝起きて階段を下りていったら、そこにはいつも母がいた。子供の頃、怖い夢を見て夜中に起きて一階に行った時も、母は起きて寝室から出てきた。出かける時には、お弁当を持って台所から出てきた。

足音がしないように歩いても、母はわたしの動きがわかるのだろう。今もきっと、起きていて気がついている。

それでも、わたしを止めにこない。

玄関を開けて、外へ出る。

まだ五時前だから涼しい。

駅まで歩き、少し待っていたら始発電車が来た。

こんな早い時間の電車には、はじめて乗った。朝帰りの人や旅行に行く人で、思ったよりも混んでいる。出勤する人も多い。知らないこともやったことがないことも、まだまだたくさんある。

渋谷で降りて、山手線に乗り換えて新宿まで行く。新宿で中央線に乗り換えて、荻窪で降りる。

半年間で何度も通った場所も、時間が違うと景色が変わる。

餃子屋の前まで行く。

お店は十一時からだからまだ開いていない。今日はわたしは休みだ。貫ちゃんは早番で入っている。オープンの準備で、十時には来るはずだ。まだ六時だから、あと四時間もある。

一駅先の西荻窪まで行って、会いたいと電話したら、貫ちゃんは出てきてくれるだろうか。優しいから、来てくれる。わたしを好きなんじゃなくて、優しいだけだ。真希さんも公太君もみんなが気がついているわたしの気持ちに、貫ちゃんだけが気づいていない。朝から急に電話したら、心配かける。

好きだって言おうと思って家を出てきたのに、どうしたらいいのかわからない。

友達や里奈さんや真希さんに相談することではない。

自分で決めることだ。

告白するタイミングなんて、待っていても来ない。

バッグから携帯電話を出して、貫ちゃんに電話をかける。

呼び出し音が鳴る。

わたしの胸も大きく鳴る。こんな朝早い時間に電話するなんて、非常識だ。やっぱりやめようと思っても、もう遅い。今切っても、貫ちゃんの電話に着信履歴が残る。

音が止まる。

「もしもし」

貫ちゃんじゃなくて、女の人の声だ。真希さんかと思ったけれど、声が違う。

電話の奥で貫ちゃんが何か言っているのが聞こえる。

「もしもし」貫ちゃんの声に替わる。

「あの、えっと」

「麻夕ちゃん？　どうした？　なんかあった？」

「えっと」

「どうした？　どこにいんの？」

「お店の前」

「店？　なんで？」

「えっと」

「そこにいて。動くなよ！　すぐに行くから」

「えっと」

電話が切れる。

逃げたい、帰りたい。

さっきまで停滞していた感情が一気に回り出す。

恥ずかしさで顔が熱い。

でも、動いたらダメだ。

貫ちゃんがここに来た時にわたしがいなかったら、電話をかけてくるだろう。その電話を無視しつづけることはできない。

餃子屋のシャッターの前に立って、何も考えないようにする。

考えてしまうし、恥ずかしさは溢れる一方だ。前を通る人達が珍しい動物を見るような目で、わたしを見ている気がした。できるだけ自然に見えるように、携帯電話でメールを打っているフリをする。

誰かにメールを送りたいけれど、里奈さんではない。真希さんでもない。他の友達でもない。

今の状況を話したい相手は、公太君だ。

公太君に話したら、笑い飛ばしてくれる。

「麻夕ちゃん！」

思った以上に早く貫ちゃんが来た。

自転車に乗っていた。そして、後ろには女の人がいた。

前に何度か会ったことがある。

貫ちゃんの前の彼女だ。お店でも会ったし、舞台を見にいった時に劇場でも会った。

「どうした？」自転車を止めて、貫ちゃんはわたしの前に来る。

「えっと」

「大丈夫？」貫ちゃんの彼女も来る。

わたしがおかしな電話をしたから、何かあったと思って、彼女も来てくれたのだろう。

「あのね、えっと」

「なんかあった？」

「えっと」

「うん」

「わたし、貫ちゃんが好きなの」

「ん？」貫ちゃんも彼女も首を傾げる。

「貫ちゃんが好きで、会いたかったの」

「告白されてるよ」彼女は貫ちゃんに言い、わたし達から離れる。

「えっと」

頭を掻き、貫ちゃんはわたしの口癖を言い、考えこむ。

婚も考えていて」

「えっと、あの、彼女がいるんだ。別れたんだけど、最近また付き合うことになって、結

「うん」

「だから、麻夕ちゃんの気持ちは嬉しいけど、ごめん。いや、えっと、彼女とのことは別だよな。麻夕ちゃんは友達で、そういう風には考えられない」

「そうだよね。ありがとう」

胸の中の黒い渦が消えた。

半年間、喜んだり悩んだりしていたのが嘘みたいだ。

「じゃあ、また明日ね。今日はわたしは休みだから」

「うん、じゃあ」

貫ちゃんに手を振り、餃子屋の前を離れる。

駅ではなくて、環状八号線に出る。

タクシーで、環状八号線をまっすぐに走っていく。

京王線の高架下を通り、小田急線の高架下を通る。

公太君に電話をかける。出ないかと思ったが、すぐに出た。

「何？」眠そうな声で公太君は言う。

「ふられた」

「誰に？」

「貫ちゃんに」

「そう」

「すっきりした」

「良かったな」

「うん」

「これで、心置きなく見合いできるな」

「お見合いはしない」

「した方がいいって。見合い相手と花火大会でも行けよ」

「花火、一緒に行かない？」

「だから、見合い相手と行けって言ってんだろ」

「今の告白みたいなもんだったんだけど」

「はあっ？」

「貫ちゃんにふられたのに、公太君に会いたいなって思ったから」

「僕には真希ちゃんがいるんだよ」

「真希さんと別れるの待っている時間なんてないもの」

「図太いな、お嬢様は」

「花火、考えておいてね」

「見合いしろ、見合い」

そう言って、公太君は電話を切ってしまう。

しつこくかけなくても、また会うだろう。

二子玉川にある瀬田《せた》交差点を通りすぎ、上野毛の駅前を通りすぎる。もうすぐ田園調布に着く。

家に帰ったら母にも、お見合いはしない、とはっきり言おう。

恋愛する相手は、自分で決める。

解　説――誰も手放しでは幸せにならないリアル

脚本家　阿久津《あくつ》朋子《ともこ》

荻窪《おぎくぼ》、八幡山《はちまんやま》、千歳船橋《ちとせふなばし》、二子玉川《ふたこたまがわ》、上野毛《かみのげ》、田園調布《でんえんちょうふ》。

東京在住とはいえ、環状8号線沿いとは無縁だった私は、この六つの駅にこれまで降り立ったことが殆《ほとん》どなかった。

今回、『感情8号線』をドラマ化するにあたって、私が脚本を担当することになり、プロデューサーの提案でプロット（台本にする前のあらすじ）の打ち合わせを、舞台となるこの六駅で行なった。実際に降り立ってみると、同じ道の延長線上にありながら、それぞれ、町の雰囲気は全く異なり、小説の中にも出てくる通り、直線距離は近いのに、電車では行き来しづらい「遠い」場所でもあった。バスの路線図も見つけて眺めたけれど、これまた接続がいまひとつで、やっぱり不便。

この不便さに着目し、恋愛と人生にたとえるというのは、なんて素敵なのだろうと思う。確かに皆、すぐそこにありそうな幸せをつかめず、遠回りをしながら生きている。

「あ〜、そういうもんだよねぇ」と思わず呟《つぶや》いてしまう、荻窪在住の真希《まき》。

女優を目指して上京してきた真希は、餃子屋《ぎょうざや》でアルバイトをしながら、劇団に所属しているが、その劇団は解散同然。バイト先には、同じく演劇をやっていて、ずっと片想いしている貫《かん》ちゃんがいる。だけど彼には彼女がいる。

真希は夢を描いておきながら、人生の言い訳を残しておくために、完全燃焼というエリアには足を踏み入れない。それは恋愛においても同じで、彼女のいる貫ちゃんには正面からぶつからず、最小限のキズで済む恋愛にしか手を出さない。そうして今まで回ってきた歯車は、そのまま狂うことなく正確に回り続け、夢も恋愛も中途半端な位置で留《とど》まり続ける。

人は明確であろうとなかろうと、ままならぬ現実に対して防御策を常に考えている。それはバランスを保つために必要なことだし、生きていくうえでは大事なことだと思う。でもそれはある程度の安定を与えてくれる代わりに、時折、どうしようもない虚《むな》しさとセットになっている。そしてその虚しさは、気が付けば気力というものを奪って行く。

東京に出てきてわかったのは、夢は叶《かな》わないということだ。
でも、無理だからって静岡に帰ると決められるほど、わたしはまだ何もしていない。
何もしていないから、微かにでも希望は残っている気がして、諦められない。

真希は気力を完全に奪われる寸前のところで、ぎりぎり踏ん張っているらしい。そんな真希に「頑張れ」と言うのも「諦めなよ」と言うのも、どちらも優しくて切ない。普通、こういう展開になると、真希が踏ん張って、重い足を一歩前に出すところで終わりそうだが、畑野《はたの》さんの小説は手厳しい。でも、それはきっと作者自身のストイックさでもあり、登場人物への深い愛情の表れのような気がする。現実は甘くないと教えるのもまた優しさであると思うから。

八幡山在住の絵梨《えり》は、DVをする彼氏の貴志《たかし》と同棲している。貴志は銀座《ぎんざ》にある不動産会社に勤めていて、同期の中では出世頭と呼ばれている。絵梨から見れば、エリートと言って差し支えないと思う。絵梨は貴志との恋愛において、高い生活レベルを用意して貰っている。その生活レベルを手放したくないから別れない。もっともだ。

だが、それはいわれなき暴力と引き換えにするほど価値があるものだろうか。「もっと自分を大切にしなよ」と思わず声を掛けたくなってしまう。

登場人物の中で一番か弱そうに見えて、貴志以上に計算して生きている。本人も気付いていない（かもしれない）強《したた》かさが、彼女の魅力なのだ。この「強かさ」は重要だ。強かさがないと、ただ単にDVされる悲惨さが際立《きわだ》って、本を閉じてしまいたくなる。けれど、この話にはそれがない。

なんて言ったって、最終的にこの手のタイプが一番強いと思わせる。倒れても、頑張《がんば》って起き上がるのではなく、本能的に起き上がれるタイプ。だから、ダメな恋愛を次々とこなしても、また誰かを好きになれるのだ。物語の最後に絵梨がどんな選択をするのかが見所だ。

千歳船橋に住み始めた亜実《あみ》は結婚したばかりだが、なぜか不安を感じてしまう。彼女は「自分だけのものさし」を持っていないからだ。それ故《ゆえ》、幸せが分からない。亜実の幸せの基準は他人と比べた中にある。

二人よりもいいところに住めて、二人よりも幸せ。

望むものはないはずなのに、不幸だ。

バイト先のインテリアショップに勤める同僚よりも、幸せだと思われたい（同僚の一人は前出の絵梨である)。正直過ぎて、心が痛い。さっき私は、「自分だけのものさし」と言ったが、そんなものの本当にあるのかと言ったら、たぶんない。他と比べて初めて「ものさし」を持つのだから当然だ。つまりは、この亜実の正直さが、亜実自身を苦しめている。けれど、一方で亜実は常に不満や不安の中にいることで、バランスを保っているようにも思う。

高校時代の元彼、川島《かわしま》との交流によって一度は不安から脱却するが、ラストでまた不安の中に舞い戻る。亜実は心のどこかで、「ほら、やっぱり」と安堵《あんど》の溜《た》め息《いき》を吐《つ》いたように思えてならない。

皆がうらやみそうな街、二子玉川に住んでいるのが専業主婦の芙美《ふみ》である。多摩《たま》川《がわ》が見下ろせるマンションに夫と子供二人と暮らし、何不自由ない生活をしている芙美。一番満たされていそうなのに、毎晩、浮気を確認するために夫のにおいを確かめている。なんとも切ない。

故郷の静岡の海に、いとこをふざけて投げ落としていた豪快な芙美が、東京の中でも特に華《はな》やかな街に住みながら、痛々しいほど繊細になっている。

一見すると絵に描いたような家族。だが、その中を覗《のぞ》き見ると、案外、どこもこんなものかもしれないと思わせる話だ。

でも、そんな中、子供達の笑顔と、小説から湧き立つ、子供達の太陽のようなにおいが、その切なさを浄化させてくれるのも事実だ。

上野毛在住の里奈《りな》には嫌悪感を覚える人もいるかもしれないが、六人の中で一番面白い人物だと思う。美人で大企業に勤める彼女は、三十歳を目前に、急に不安になる。

このまま一生一人だったらと考えると、不安で吐きそうになる。

そう思って、退職金や年金で貰える額を、慌てて計算するのだ。他にも、結婚した同僚が好きだったのだと気付いて、全く関係のない上司と不倫したり、虚しくて、出会ったばかりの年下の男の子と寝たりする。思考がどこかズレている。けれど、そういうズレと同時に、どうしようもない純粋さを持っているのが里奈だ。

ふらふらしてそうに見えて、誰かと気持ちが通じ合ったら一途なタイプだと思う。だからきっと、これから恋愛が始まるであろう相手を全力で愛する気がする。だけどその相手は思いがけない人物なのだ。それは本編を読んでのお楽しみだ。

地方出身の私でも東京に出てくる前から、田園調布は特別な街だと知っていた。そこに住むお嬢様の麻夕《まゆ》は、恋した劇団員の貫ちゃんに近づくため、田園調布から荻窪まで通って同じ餃子屋でアルバイトを始める。

そこまでして距離を縮めた貫ちゃんとは話が合わず、以前から決められていた婚約者と結婚させられそうになる。本来なら、羨望《せんぼう》の眼差《まなざ》しで見られていいはずの麻夕だが、彼女なりの葛藤《かっとう》や迷いがあるのだ。

ここが本書で伝えたいことのひとつなのかもしれない。他人が上手くやっているように見えたり、自分が手に入らないものを持っているように見えても、その立場にはその立場の苦しみがあるのだろう。見えているようで見えていない。近いようで遠い。環状8号線と同じだ。この小説のラストを飾る麻夕が選んだのは――。

この小説は、はっきり言って、怖い。

どの登場人物も、誰も手放しでは、幸せにならない。

真希はこれからも貫ちゃんと演劇への想いを引きずっていくだろうし、絵梨はまたダメな男に出会う気がして仕方ない。

亜実は自分でも知らないうちに、不安感に安心を覚えている節《ふし》があるし、芙美はこの先、夫を信頼して生活することはできないと思う。里奈は最後に恋愛関係に発展しそうだった相手とは果たして上手くいくだろうか。

そんな中、麻夕だけが幸せに近い気もするが、根っからのお嬢様に芽生《めば》えた自立心がいつまで続くか、心配な気もする。

登場人物の誰もが幸せになりそうで幸せにならない。ただ、幸せを追い求めて彼女たちは、これからもひたすら歩き続けるだろう。

それはきっと現実の私たちと重なる部分があるはず。私たちはいつもなかなか幸せにたどりつけない。そんな各話のラストのリアルさが妙な安心感と可笑《おか》しさをくれる。

小説を読んでいる間は、私たちが主人公たちに自分を投影するけれど、ラストになると主人公たちが現実の私たちの方へと寄ってくる。そんな感覚を覚える。

ところで、この小説は映像的な部分があると感じた。冒頭から、場面がパッと頭に浮かぶ。畑野さんはドラマがとてもお好きというお話を聞いて納得した。と同時に、これまた違う意味で怖かった。ドラマがお好きということは、脚本にした時点でお気に召さなかったらどうしようとドキドキ、バクバク。けれど、予想に反して「好きにやってください」との有難《ありがた》いお言葉に畑野さんの懐《ふところ》の深さを感じたと共に、私もそうありたいと思った。

そんな畑野さんから生まれた六人の女性たち。皆、それぞれ癖《くせ》があるけれど、皆、愛すべき人物たちだ。だから、この六人が、この先、遠回りをしながらも自分なりの道を見つけてくれれば嬉しい。

（この作品『感情8号線』は平成二十七年十月、
小社より四六版で刊行されたものです）

感情8号線

一〇〇字書評

切・り・取・り・線

購買動機（新聞、雑誌名を記入するか、あるいは○をつけてください）	
□（　　　　　　　　　　　）の広告を見て	
□（　　　　　　　　　　　）の書評を見て	
□ 知人のすすめで	□ タイトルに惹かれて
□ カバーが良かったから	□ 内容が面白そうだから
□ 好きな作家だから	□ 好きな分野の本だから

・最近、最も感銘を受けた作品名をお書き下さい

・あなたのお好きな作家名をお書き下さい

・その他、ご要望がありましたらお書き下さい

住所	〒				
氏名		職業		年齢	
Eメール	※携帯には配信できません	新刊情報等のメール配信を 希望する・しない			

この本の感想を、編集部までお寄せいただけたらありがたく存じます。今後の企画の参考にさせていただきます。Eメールでも結構です。

いただいた「一〇〇字書評」は、新聞・雑誌等に紹介させていただくことがあります。その場合はお礼として特製図書カードを差し上げます。

前ページの原稿用紙に書評をお書きの上、切り取り、左記までお送り下さい。宛先の住所は不要です。

なお、ご記入いただいたお名前、ご住所等は、書評紹介の事前了解、謝礼のお届けのためだけに利用し、そのほかの目的のために利用することはありません。

〒一〇一－八七〇一
祥伝社文庫編集長　坂口芳和
電話　〇三（三二六五）二〇八〇

祥伝社ホームページの「ブックレビュー」からも、書き込めます。

http://www.shodensha.co.jp/bookreview/

祥伝社文庫

感情《かんじょう》8号線《ごうせん》

平成29年 1 月20日　初版第1刷発行

著　者　畑野智美《はたのともみ》
発行者　辻　浩明
発行所　祥伝社《しょうでんしゃ》
東京都千代田区神田神保町3-3
〒101-8701
電話　03（3265）2081（販売部）
電話　03（3265）2080（編集部）
電話　03（3265）3622（業務部）
http://www.shodensha.co.jp/

印刷所　堀内印刷
製本所　ナショナル製本
カバーフォーマットデザイン　芥 陽子

 ISBN978-4-396-34276-0 C0193

祥伝社文庫の好評既刊

伊坂幸太郎　陽気なギャングが地球を回す

史上最強の天才強盗四人組大奮戦！映画化され話題を呼んだロマンチック・エンターテインメント原作。

伊坂幸太郎　陽気なギャングの日常と襲撃

天才強盗四人組が巻き込まれた四つの奇妙な事件。知的で小粋で贅沢な軽快サスペンス第二弾！

泉　ハナ　ハセガワノブコの華麗なる日常

恋愛も結婚も眼中にナシ！「人生のすべてをオタクな生活に捧げる」ノブコの胸アツ、時々バトルな日々！

泉　ハナ　ハセガワノブコの仁義なき戦い

恋愛・結婚・出世……華麗なるオタク生活に降りかかる〝人生の選択〟。ノブコは試練を乗り越えられるのか!?

井上荒野　もう二度と食べたくないあまいもの

男女の間にふと訪れる、さまざまな「終わり」――人を愛することの切なさとその愛情の儚《はかな》さを描く傑作十編。

桂　望実　恋愛検定

片思い中の紗代《さよ》の前に、神様が降臨。「恋愛検定」を受検することに……。ドラマ化された話題作、待望の文庫化。

祥伝社文庫の好評既刊

坂井希久子　泣いたらアカンで通天閣

大阪、新世界の「ラーメン味《み》よし」。放蕩《ほうとう》親父ゲンコとしっかり者の一人娘センコ。下町の涙と笑いの家族小説。

小路幸也　うたうひと

仲たがいしてしまったデュオ、母親に勘当されているドラマー、盲目のピアニスト……。温かい歌《ストーリー》が聴こえる傑作小説集。

小路幸也　さくらの丘で

今年もあの桜は、美しく咲いていますか――遺言によって孫娘に引き継がれた西洋館。亡き祖母が託した思いとは？

小路幸也　娘の結婚

娘の結婚相手の母親と、亡き妻との間には確執が？　娘の幸せをめぐる、男親の静かな葛藤と奮闘の物語。

白石一文　ほかならぬ人へ

愛するべき真の相手は、どこにいるのだろう？　愛のかたちとその本質を描く第一四二回直木賞受賞作。

中田永一　百瀬、こっちを向いて。

「こんなに苦しい気持ちは、知らなければよかった……！」恋愛の持つ切なさすべてが込められた、みずみずしい恋愛小説集。

〈祥伝社文庫　今月の新刊〉

畑野智美
感情8号線
どうしていつも遠回りしてしまうんだろう。環状8号線沿いに住む、女性たちの物語。

西村京太郎
萩・津和野・山口殺人ライン　高杉晋作の幻想
出所した男のリストに記された6人の男女が次々と――。十津川警部VS.コロシの手帳!?

田口ランディ
坐禅《ざぜん》ガール
「恋愛」にざわつくあなた、坐ってみませんか？尽きせぬ煩悩に効く物語。

沢里裕二
淫爆《いんばく》　FIA諜報員　藤倉克己
爆弾テロから東京を守れ。江戸っ子諜報員は、お熱いのがお好き！　淫らな国際スパイ小説。

鳥羽　亮
血煙東海道　はみだし御庭番無頼旅
剛剣の初老、憂いを含んだ若き色男、そして紅一点の変装名人。忍び三人、仇討ち道中！

喜安幸夫
闇奉行　凶賊始末
予見しながら防げなかった惨劇。非道な一味に、「相州屋」が反撃の狼煙を上げる！

長谷川卓
戻り舟同心　更待月《ふけまちづき》
皆殺し事件を解決できぬまま引退した伝次郎が、十一年の時を経て再び押し込み犯を追う！

犬飼六岐
騙《だま》し絵
ペリー荻野氏、大絶賛！　わけあり父子がたくましく生きる、まごころの時代小説。

佐伯泰英
完本　**密命**　巻之十九　意地　具足武者の怪
上覧剣術大試合を開催せよ。佐渡に渡った清之助は、吉宗の下命を未だ知る由もなく……。